CALENDRIER

DE

PHILADELPHIE

OU

SANCHO-PANÇA,

LÉGISLATEUR

EN AMÉRIQUE.

par Barbeu du Bourg.

1777

CALENDRIER
DE
PHILADELPHIE,
OU
CONSTITUTIONS
DE
SANCHO-PANÇA
ET
DU BON-HOMME RICHARD,
EN PENSYLVANIE.

M. DCC. LXXVIII.

Quid leges sine moribus
Bonæ proficiunt?

HORAT.

INTRODUCTION.

Sancho-Pança, législateur en Pensylvanie.

TOUT le monde ſait combien de gloire acquit le grand Don Sancho-Pança dans ſon gouvernement de l'iſle de Barataria, même avant qu'il eût l'honneur d'être armé chevalier. Les jugements qu'il y rendit ont été mis, par le très-véridique Don Miguel de Cervantes-Saavedra, au pair de ceux de Salomon; &, très-certainement, en ne les mettant pas au deſſus, il a voulu faire éclater la modeſtie de Sancho. Qu'eſt-ce, en effet, que de deviner quelle eſt la véritable mere entre deux femmes qui ont querelle pour la poſſeſſion d'un enfant vivant & d'un enfant mort? Le moindre ſentiment d'humanité devoit porter la femme qui réclama l'enfant vivant, à lui ſauver la vie; & ſi Salomon n'avoit écrit ſes proverbes, & s'il n'étoit connu que par ce jugement, il ne mériteroit pas qu'on le nommât le plus ſage des rois.

Mais ſes proverbes contiennent d'excellentes leçons; & tous ceux qui les ont étudiés & médités avec ſoin, ſont devenus ſages comme Sancho. On ſait que ſon illuſtre maître, l'intrépide Don Quichotte, diſoit que lui & toute la race des Pança avoient le ventre farci de proverbes; mais c'étoit en quoi conſiſtoit la prudence qui éclatoit dans le grand Sancho; car, diſons-nous, ſi tous ceux qui les ont étudiés & médités avoient été à la tête d'une république quelconque, elle auroit été gouvernée aussi sagement que Sancho gouverna l'isle de Barataria.

Le célebre Espagnol qui nous a transmis les faits & gestes des deux fameux aventuriers de la Manche, a fini son récit à la mort du seigneur *Quixada* ; il a vraisemblablement cru que Sancho, après la mort de son bon maître, s'étoit contenté de vivre tranquillement dans son village avec son curé & maître Nicolas le barbier. Ce n'est pas cela : il avoit pris trop de goût à la chevalerie errante pour se plaire à cette simple médiocrité ; &, comme si son maître lui eût laissé son esprit & sa maniere de voir les choses, il résolut de renouer connoissance avec le savant enchanteur Parafaragaramus, & alla, pour cet effet, à la caverne de Montesinos, dans laquelle il entra avec une bravoure dont il étoit étonné lui-même.

Au bruit de ses armes, le sage Parafaragaramus parut : Ah ! vous revoilà, dit Sancho; on dit bien que les hommes se rencontrent quelquefois & les montagnes jamais ; mais tout vient à point qui peut attendre, & quoiqu'un *tien* vaille mieux que deux *tu l'auras*, & que le moineau dans la main soit préférable à l'oie qui vole, ce qui est différé n'est pas perdu, & chaque jour amene sa peine. Or, çà, seigneur Parafaragaramus, vous ne voulûtes pas me dire ma bonne aventure, lorsque vous permîtes à mon bon maître de lire tout courant dans le livre que vous portez sous le bras ; mais depuis sa mort je vous dirai que je m'ennuie, & que, quoiqu'il n'y ait que quatre ſemaines au mois, je ne laiſſe pas que de les trouver longues. Auſſi n'en ai-je fait ni un ni deux; je ſuis venu ici dans l'eſpérance de vous revoir pour que vous me donnaſſiez des conſeils ſur ce que je dois faire. Je ſais bien que pierre qui roule n'amaſſe pas mouſſe; mais auſſi qui ne voit rien ne peut rien dire; &, comme dit M. le curé, l'oiſiveté eſt la mere de tous les vices. Ami Sancho, dit l'enchanteur, ce n'eſt pas ſans un ordre ſecret du Deſtin que tu es venu dans cette caverne; tu es reſervé à de grandes choſes, & ta renommée ira auſſi loin que celle de feu ton bon maître. Tu reſteras enchanté ici pendant un certain nombre d'années ou de ſiecles que je ne puis pas te révéler, & quand les temps ſeront accomplis, tu te trouveras dans un autre monde auſſi peuplé que celui-ci, & tu en feras le légiſlateur. Avec le gros bon ſens que tu as & la grande quantité de proverbes que tu ſais, tu le gouverneras auſſi heureuſement que tu as régi les habitants de l'iſle Barataria. N'y aura-il point de docteur Don Pedro Rezio de Tirtea-Fuera qui me faſſe mourir de faim? interrompit Sancho; car, en fait de gouvernement, je m'y entends auſſi-bien qu'un autre, un bon payeur ne craint pas de donner des gages, en sûreté eſt celui qui ſonne le tocſin, & puis, quand même il m'arriveroit de me tromper quelquefois, qui péche & s'amende à Dieu ſe recommande. Mais pour les ordonnances du docteur Tirtea-Fuera, je n'en ſuis pas du tout; à bon eſtomac viande chaude ou froide ne fait rien; & je tiens qu'un gouverneur ſeroit bien malheureux s'il ne mangeoit pas à ſon gré; vive l'amour pourvu que je dîne. Dites-moi donc, monſeigneur, ſi j'aurai encore à craindre un aſſaſſin de cette eſpece ? Tu n'en verras aucun, répondit Parafaragaramus, & pourvu que tu faſſes bonne juſtice tu ſeras entiérement ton maître. C'eſt bon cela, dit Sancho; mais quels ſeront, dans le temps que vous ne voulez pas me dire, & qui arrivera pourtant puiſque vous le dites, les ſujets que j'aurai à gouverner ? Sont-ce des vieux Chretiens ou des Moriſques ? Des plus vieux Chrétiens, dit Parafaragaramus, à telles enſeignes que la plupart d'entr'eux s'appellent les *Primitifs*, & qu'ils ne jurent jamais, ne mentent jamais & ne font jamais la guerre. Ah ! voilà de mes gens, dit Sancho; mais qu'aurai-je donc à faire & à juger parmi tant de gens de bien ? Un temps viendra, répondit le ſage magicien, où ils ſeront néceſſités à ſe défendre contre des mécréants, qui, ſous prétexte qu'ils ſont originaires du même pays, voudront leur ravir leur liberté & les forcer à leur donner la moitié de leurs biens. Ce ſera bien fait à eux de ſe défendre, dit Sancho; bien ſot eſt le mouton qui ſe laiſſe tondre lorſqu'il peut arrêter le ciſeau; & bon, bon, qu'ils y viennent, lorſque j'y ſerai, ces mécreants-là, je leur ferai voir que ſon n'a jamais valu farine, & qu'on ne doit pas raſer là où il n'y a pas de poil, ni recueillir où l'on n'a point ſemé. Mais, baſte, ſens & raiſon ne me faudront jamais, avec l'aide de Dieu; maille à maille ſe fait le haubergeon, & les conjonctures inſtruiſent un homme. Ainſi, puiſque vous dites que je dois demeurer enchanté juſqu'à ce temps que vous ne voulez pas me dire, que devrai-je faire, encore un coup, envers tant de gens de bien, parmi lesquels il n'y aura pas un seul Tirtea-Fuera ? — Y porter la même intégrité qui t'a rendu célebre à Barataria au point que tes ordonnances portent encore le nom de Constitutions du grand Don Sancho Pança. Tu trouveras dans le pays auquel tu dois donner des loix un faiseur d'almanachs, nommé le bon-homme Richard ; tu te lieras d'amitié avec lui & deux bonnes têtes, telles que les vôtres, trouveront bien aisément les moyens de tout concilier. A la bonne heure, dit Sancho, & à quoi tient-il que je ne commence. Je t'ai déjà dit que les temps n'étoient pas accomplis ; tu vas dormir jusqu'au moment prescrit par l'ordre du Destin, &, pendant ton sommeil, des songes favorables voltigeront autour de toi, & t'instruiront de maniere que si tu as paru, à Barataria, comme un nouveau Salomon, tu paroîtras au nouveau gouvernement, qui t'est destiné, comme un Lycurgue ou un Solon. Qui étoient ces hommes-là, dit Sancho brusquement, jamais M. le curé qui remplit ses prônes des noms de tous les saints, dont la vie est quelquefois si extraordinairement bizarre, qu'en vérité je n'en croirois pas un mot si cela n'étoit moulé. Les hommes dont je te parle, répondit le sage Parafaragaramus, n'étoient pas saints & ne pouvoient l'être, parce que la mode de canoniser les gens qui avoient rendu quelques services aux papes n'étoit pas encore inventée. Ce n'est pourtant pas que ceux que je t'ai nommés, auxquels je joindrai Socrate, Titus, Trajan, Epictete, Aristide, les Antonins, n'aient eu chacun plus de vertus que tous les saints de la légende dorée, & qu'ils ne valussent mieux que ceux qui ſont le plus célébrés dans cette légende, quoiqu'ils n'aient pas été préconiſés à Rome; mais ils ont été bienfaiſants & ſe ſont rendus utiles à leurs contemporains. Les autres ſaints ont preſque toujours couru après des vertus idéales qui n'ont guere jamais produit que des crimes réels; i s ont pourtant été béatifiés, de la grace des papes, & Dieu ſait ſi ç'a été à juſte titre. Tu m'écoutes, ami Sancho, grands yeux ouverts, bouche béante; ce diſcours eſt effectivement, à préſent, un peu au deſſus de ton épaiſſe intelligence; mais, lorſque tu seras déſenchanté, tu verras que le faiſeur d'almanachs, nommé le bon-homme Richard, n'en ſaura pas plus que toi, & que l'un & l'autre légiſlateur aura une égale part de gloire & de ridicule.

A ces mots, le ſage Parafaragaramus toucha Sancho de ſon livre, & le chevalier s'endormit profondément juſqu'à l'inſtant marqué par les Deſtinées.

Ce ſommeil fut de longue durée; mais des ſonges amis, ainſi que l'avoit promis le ſavant magicien, le firent trouver court au chevalier enchanté. Les maximes & les proverbes qu'il avoit dans ſa mémoire eurent le temps d'y mûrir & d'y fructifier, & lorſque le moment de ſon réveil arriva, il avoit dans ſa tête une meilleure proviſion de politique que n'en ont jamais pu raſſembler celles de beaucoup de miniſtres.

Sancho fut très-étonné de ſe trouver, à ſon réveil, dans une région inconnue, & plus encore, de voir qu'il entendoit la langue de ſes habitants, comme s'il y étoit né, ce qui ne contribua pas peu à le faire ressouvenir du sage Parasaragaramus. Il ne douta plus de la puissance de cet enchanteur, & se rappellant qu'il lui avoit parlé du faiseur d'almanachs, nommé le bon-homme Richard, ce fut la premiere personne dont il s'enquit. Où est le bon-homme Richard, s'écria-t-il; deux bons poulets valent mieux qu'un vieux coq, je sais bien que qui a compagnon a maître, mais deux bons compagnons ensemble n'ont jamais fait mauvaise besogne. Qu'on me fasse venir le bon-homme Richard; je suis envoyé ici pour être votre gouverneur; &, ce qui vaut mieux, votre *lé...lé...lateur;* je ne me souviens pas trop bien du mot, mais Dieu m'entend, & je m'entends bien aussi. Et vous verrez quand j'aurai un peu raisonné avec le bon-homme Richard, si je sais faire des ordonnances convenables & dignes d'être exécutées. Celui à qui s'adressoit Sancho étoit précisément le faiseur d'almanachs, le bon-homme Richard lui-même: Je vois bien, dit Sancho, que Parafaragaramus n'est pas un engeoleur; bon fait tendre des gluaux quand les oisillons foisonnent. Eh bien, bon-homme Richard, que dirons-nous de ce pays-ci & de ces gens-ci? Vraiment la vieille avoit raison de ne pas vouloir mourir puisqu'elle apprenoit toujours; voilà une ville qui me paroît valoir mieux que l'isle de Barataria; &, si j'en ordonne la police, tout y ira bien; mais quels sont les débats qu'on y agite? car, pour juger équitablement, si faut-il savoir quel est le fonds du procès. Le bon-homme Richard se retira à l'écart avec Sancho, & faisant apporter une demi-douzaine de bouteilles de vin d'Opporto, un gros roſt-beef & du *plum-pudding*, il invita le chevalier à ſe rafraîchir avec lui. Sancho reconnut à ces ſoins que l'enchanteur ne l'avoit pas trompé en l'aſſurant qu'il n'auroit plus aucun docteur Tirtea-Fuera à craindre. Seigneur chevalier, dit le bon-homme Richard, il y a plus de 30 ans que je fais des almanachs dans ce pays-ci; mais, quoiqu'ils fuſſent très-bons, on n'en a pas voulu prendre, & j'ai eu beau m'égoſiller à leur rappeller la modeſtie de leurs aïeux, leur frugalité & la ſimplicité de leurs vêtements, ils n'ont pas voulu me croire, ils ont donné dans un luxe d'autant plus pernicieux que nous n'avons ici preſque aucune des matieres premieres qui ſervent à l'alimenter. Auſſi la partie de l'Europe de laquelle nous ſommes tous originaires, en nous fourniſſant cet inutile ſuperflu, s'eſt cru en droit de nous demander plus de moitié de notre néceſſaire. On a voulu exiger de nous de payer un impôt ſur le thé, ... Qu'eſt-ce que le thé, interrompit Sancho? — C'eſt une herbe qui croît dans la Chine ſeptentrionale & dans la Tartarie Ruſſe, qu'on nous apporte à grands fraix, & dont nos femmes & nos damerets font infuſer, tous les matins, deux pincées dans de l'eau bouillante, pour l'avaler en petites taſſes, avec du ſucre candi. — Et de quoi cela guérit-il? dit Sancho. — De rien du tout, répondit le bon-homme Richard; cela ſauve de l'ennui, néanmoins, à ce que je crois; car j'ai toujours vu que les gens qui paſſent leur vie autour de ces taſſes ne les regardent que comme une amuſette qui leur ſert à tuer le temps. — Oh! oh! eſt-ce qu'on qu'on ne pourroit pas se passer de cette amusette-là, repliqua Sancho ? On peut si bien s'en passer, dit le bon-homme Richard, que même les femmes ont été les premieres à n'en plus vouloir. Les femmes n'ont donc pas de tête ici ? car, par-tout ailleurs elles en ont de fer, & quand elles ont chaussé une fantaisie, un caprice qui leur plaît, verroit beau jeu qui verroit la cordre rompre. Mais, patience, puisqu'elles sont de si bonne composition, nous viendrons bien au bout de notre écheveau ; Rome & Paris n'ont pas été faits en un jour, une pierre mise sur l'autre acheve enfin la muraille, & puis un bon averti en vaut deux. Mais n'y a-t'il que cela qui vous tarabuste ? — Il y a bien plus ; c'est qu'on vouloit aussi nous obliger à n'écrire les conventions particulieres que nous ferions entre nous que sur du papier timbré. Quelle bête est-ce là que vous venez de nommer, reprit brusquement Sancho ? Ce n'est pas une bête, répondit le bon-homme Richard ; mais c'est une invention d'une engeance de voleurs qui prétendent que la signature d'un honnête homme ne vaut rien si elle n'est écrite sur une sorte de papier sur lequel ils ont fait imprimer des figures bizarres, très-peu agréables, qui ne signifient rien ; mais, pour vous procurer le plaisir de les voir, on vous fait payer un écu une feuille de papier gris & buvard qui ne vaut pas un maravedi. Nous n'avons pas plus voulu de cela que de l'importation exclusive du thé, & voilà le beau sujet pour lequel on nous fait la guerre. Ce qu'il y a de plus fâcheux, c'est que pour subvenir aux frais qu'exige nécessairement l'obligation où nous sommes de nous défendre, nous sommes obligés de nous imposer à nous-mêmes de fortes contributions ; & que, quoique chacun en reconnoisse la nécessité, on ne laisse pas que d'en murmurer. Vous voilà pleinement instruit, seigneur Sancho, ainsi, puisque le Destin veut que nous nous concertions ensemble, avisons à ce qu'il faudra faire pour le mieux. — Et pourquoi aviser ? dit Sancho ; tout n'est-il pas déjà vu ? j'ai l'armure du larron Pinabel, & feu mon bon maître m'a dit qu'on ne combattoit jamais mieux les malfaiteurs qu'avec leurs propres armes. Nous allons voir ce qu'il y aura à faire, & vous verrez si je m'entends en fait de gouvernement. Mais je n'en saurois douter, répondit le bon-homme Richard, & il y a déjà bien paru lorsque vous étiez à Barataria. Cependant, il seroit à propos, ce me semble, que vous connussiez quel est l'esprit de nos citoyens ; ils ont fait un effort de vertu en se privant de thé ; mais ils n'en aiment pas moins les autres superfluités, & n'ont, à cet égard, guere profité de mes leçons. On va tout à l'heure faire une vente où il se trouvera mille colifichets, & peut-être pas une chose utile ; allons voir ce qui se passera, & vous ordonnorez ce que vous jugerez à propos. — J'ordonne d'avance, repliqua Sancho, que tout ce qui ne sert qu'à l'enjolivement soit supprimé, ou, tout au moins, ne soit permis qu'aux filoux & aux filles de joie. Mais voyons ce qui s'y passera. Ils s'acheminerent vers le lieu de l'encan, & comme l'avoit très-bien dit le bon-homme, ils y virent grand nombre de jattes de porcelaine & pas une écuelle de faïence, beaucoup de galons, de dorures, de flacons, de petits étuis, de bonbonnieres, de rubans, de coëffures de femme emplumées à triple étage qui les rendoient semblables à des mules de coche, & qui ornoient très-bien des têtes aussi quinteuses que celles des bêtes dont elles avoient emprunté les plumails. Parmi tout cet étalage, on n'auroit pu trouver un meuble vraiment utile. Ah! ah! dit Sancho, je vois à présent ce que c'est qu'on appelle *luxe*; je ne suis pas étonné si l'on ne peut payer les impositions justement ordonnées par la république, puisqu'au lieu de se contenter d'un ample & honnête nécessaire, on se tourmente à se rendre l'inutile plus précieux encore que le nécessaire. Tant qu'on se conduira ainsi, tout ira de mal en pis, & la pesanteur des impositions finira par détruire ce pays-ci de fond en comble; car, comment faire pour les payer? Quel parti voudriez-vous qu'on prît là-dessus? Je suis votre gouverneur une fois; si vous voulez savoir la vérité, je vais vous la dire en peu de mots; car, pour l'homme bien avisé, il ne faut que peu de paroles. Ce n'est pas la quantité de mots qui remplit le boisseau. Tout le monde se réunit pour écouter Sancho, & l'assemblée s'étant approchée en cercle autour de lui, il tint le discours suivant:

Citoyens & amis, il est certain que les impositions sont très-lourdes; cependant, si l'on n'avoit à payer que celles que la république demande, nous pourrions espérer d'y faire face plus aisément; mais nous en avons une quantité d'autres beaucoup plus onéreuses: par exemple, notre paresse nous prend deux fois autant que la république, notre orgueil trois fois, & notre inconsidération quatre fois autant encore. Ces taxes sont d'une telle nature, qu'il n'est pas possible aux commissaires de diminuer leur poids, ni de nous en délivrer; cependant il y a quelque chose à espérer parmi nous, si nous voulons suivre un bon conseil; car Dieu a dit à l'homme : Aide-toi, je t'aiderai.

S'il y avoit une forme de régie qui obligeât les sujets à donner réguliérement la dixieme partie de leur temps pour son service, on trouveroit assurément cette condition fort dure; mais la plupart d'entre nous sont taxés, par leur paresse, d'une maniere beaucoup plus tyrannique. Car, si vous comptez le temps que vous passez dans une oisiveté absolue, c'est-à-dire, ou à ne rien faire, ou dans des dissipations qui ne menent à rien, vous trouverez que je dis vrai. L'oisiveté amene avec elle des incommodités, & raccourcit sensiblement la durée de la vie. L'oisiveté ressemble à la rouille, elle use beaucoup plus que le travail : la clef dont on se sert est toujours claire. Mais, si vous aimez la vie, ne dissipez pas le temps, car la vie en est faite. Combien de temps ne donnons-nous pas au sommeil au delà de ce que nous devrions naturellement lui donner? Nous oublions que le renard qui dort ne prend point de poules, & que nous aurons assez de temps à dormir quand nous serons dans le cercueil. Si le temps est le plus précieux des biens, la perte du temps doit être aussi la plus grande des prodigalités; puisque le temps perdu ne se retrouve jamais, & que ce que nous appellons assez de temps, se trouve toujours trop court.

Courage donc, & agiſſons pendant que nous le pouvons. Moyennant l'activité, nous ferons beaucoup plus avec moins de peine. L'oiſiveté rend tout difficile ; l'induſtrie rend tout aiſé ; celui qui ſe leve tard s'agite tout le jour, & commence à peine ſes affaires qu'il eſt déjà nuit La pareſſe va ſi lentement, que la pauvreté l'atteint tout d'un coup ; pouſſez vos affaires, & que ce ne ſoit pas elles qui vous pouſſent. Se coucher de bonne heure & ſe lever matin ſont les deux meilleurs moyens de conſerver ſa ſanté, ſa fortune & ſon jugement.

Que ſignifient les eſpérances & les vœux que nous formons pour des temps plus heureux ? Nous rendrons le temps bon en ſortant de nous-mêmes. L'induſtrie n'a pas beſoin de ſouhaits. Celui qui vit ſur l'eſpérance court riſque de mourir de faim : il n'y a point de profit ſans peine. Il faut me ſervir de mes mains, puiſque je n'ai point de terres ; ſi j'en avois, par exemple, comme le bon-homme Richard que voilà, elles ſeroient fortement impoſées ; mais, comme il l'obſerve avec raiſon, un métier vaut un fonds de terre, une profeſſion eſt un emploi qui réunit toujours pour tous l'honneur & le profit. Mais il faut travailler à ſon métier & ſoutenir ſa réputation, autrement, ni le fonds, ni le magaſin ne nous aideront pas à payer nos impôts. Quiconque eſt induſtrieux n'a point à craindre la diſette. La faim regarde à la porte de l'homme laborieux, mais elle n'oſe pas y entrer. Elle eſt également reſpectée des commiſſaires & des huiſſiers ; car l'induſtrie paie les dettes, & le déſeſpoir les augmente. Il n'eſt pas néceſſaire que vous trouviez des tréſors, ni que de riches parents vous faſſent leurs légataires. La vigilance eſt la mere de la proſpérité, & Dieu ne refuſe rien à l'induſtrie. Labourez pendant que le pareſſeux dort, vous aurez du bled à vendre & à garder. Labourez pendant tous les inſtants qui s'appellent *aujourd'hui*, car vous ne pouvez pas ſavoir tous les obſtacles que vous rencontrerez le lendemain. C'eſt ce qui fit dire jadis au bon-homme Richard, qu'un bon *aujourd'hui* valoit mieux que deux *demain*. Et encore : Avez-vous quelque choſe à faire pour demain ? faites-la aujourd'hui. Si vous étiez le domeſtique d'un bon maître, ne ſeriez-vous pas honteux qu'il vous appellât pareſſeux ? Mais vous êtes votre propre maître. Rougiſſez donc d'avoir à vous reprocher la pareſſe. Vous avez tant à faire pour vous-même, pour votre famille, pour votre patrie : levez-vous donc dès le point du jour ; que le ſoleil, en regardant la terre, ne puiſſe pas dire : Voilà un lâche qui ſommeille. Point de de remiſes, mettez-vous à l'ouvrage, endurciſſez vos mains à manier vos outils, & ſouvenez-vous qu'un chat en mitaines ne prend point de ſouris. Vous me direz qu'il y a beaucoup à faire, & que vous n'avez pas la force. Cela peut être ; mais ayez la volonté & la perſévérance, & vous verrez des merveilles. Car, comme a dit un grand poëte :

L'onde ſe fait une route,
En s'efforçant d'en chercher ;
L'eau qui tombe goutte à goutte
Perce le plus dur rocher.

Avec du travail & de la patience une fouris coupe un cable, & de petits coups répétés abattent les plus grands chênes.

Il me femble entendre quelqu'un de vous me dire : Eft-ce qu'il ne faut pas prendre quelques inftants de loifir ? Je vous répondrai, mes amis, ce que dit le bon-homme Richard : Employez bien votre temps, fi vous voulez mériter le repos, & ne perdez pas une heure, puifque vous n'êtes pas sûrs d'une minute. Le loifir eft un temps qu'on peut employer à quelque chofe d'utile. Il n'y a que l'homme vigilant qui puiffe fe procurer cette efpece de loifir auquel le pareffeux ne parvient jamais. La vie tranquille, & la vie oifive font deux chofes fort différentes. Croyez-vous que la pareffe vous procurera plus d'agrément que le travail ? Vous avez tort. Car, la pareffe engendre les foucis, & le loifir, fans néceffité, produit des peines fâcheufes. Bien des gens voudroient vivre fans travailler, par leur feul efprit; mais ils échouent faute de fonds. L'induftrie, au contraire, amene toujours l'agrément, l'abondance & la confidération. Le plaifir court après ceux qui le fuient. La fileufe vigilante ne manque jamais de chemife. Depuis que j'ai un troupeau de vaches, chacun me donne le bonjour, dit très-bien le bonhomme Richard.

Mais, indépendamment de l'induftrie, il faut encore avoir de la conftance, de la réfolution & des foins. Il faut voir fes affaires avec fes propres yeux, & ne pas trop fe confier aux autres; car, comme dit le bonhomme Richard, je n'ai jamais vu un arbre qu'on change fouvent de place, ni une famille qui démenage ſouvent proſpérer autant que d'autres qui ſont ſtables. Trois déménagements ſont le même tort qu'un incendie. Il vaut autant jeter l'arbre au feu que le changer de place. Gardez votre boutique, & votre boutique vous gardera. Si vous voulez faire votre affaire, allez-y vous-même ; ſi vous voulez qu'elle ne ſoit pas faite, envoyez-y. Pour que le laboureur proſpere, il faut qu'il conduiſe ſa charrue, ou qu'il la tire lui-même. L'œil du maître fait plus que ſes deux mains. Le défaut de ſoins fait plus de tort que le défaut de ſavoir. Ne point ſurveiller les journaliers eſt la même choſe que livrer ſa bourſe à leur diſcrétion. Le trop de confiance dans les autres eſt la ruine de bien des gens. Dans les affaires du monde, ce n'eſt pas par la foi qu'on ſe ſauve, c'eſt en n'en ayant pas. Les ſoins qu'on prend pour ſoi-même ſont toujours profitables. Le ſavoir eſt pour l'homme ſtudieux, & les richeſſes pour l'homme vigilant, comme la puiſſance pour la bravoure, & le ciel pour la vertu. Si vous voulez avoir un ſerviteur fidelle & que vous aimiez, comment feriez-vous ? Servez-vous vous-même. Le bon-homme Richard vous a conſeillé la circonſpection & le ſoin par rapport aux objets même de la plus petite importance, parce qu'il arrive ſouvent qu'une légere négligence produit un grand mal. Faute d'un clou, le fer d'un cheval ſe perd ; faute d'un fer, on perd le cheval ; & faute d'un cheval, le cavalier lui-même eſt perdu, parce que ſon ennemi l'atteint & le tue, & le tout pour n'avoir pas fait attention à un clou au fer de ſa monture.

C'en eſt aſſez, mes amis, ſur l'induſtrie & ſur l'attention que nous devons donner à nos propres affaires; mais, après cela, nous devons avoir encore la tempérance, ſi nous voulons aſſurer les ſuccès de notre induſtrie. Si un homme ne ſait pas épargner en même temps qu'il gagne, il mourra ſans avoir un ſol, après avoir été toute ſa vie collé ſur ſon ouvrage. Plus la cuiſine eſt graſſe, plus le teſtament eſt maigre. Bien des fortunes ſe diſſipent en même temps qu'on les gagne, depuis que les femmes ont négligé les quenouilles & le tricot pour la table à thé, & que les hommes ont quitté pour le punch, la hache & le marteau. Si vous voulez être riches, n'apprenez pas ſeulement comment on gagne, ſachez auſſi comment on ménage. Les Indes n'ont pas encore enrichi les Eſpagnols, parce que leurs dépenſes ont été plus conſidérables que leurs profits.

Renoncez donc à vos folies diſpendieuſes, & vous aurez moins à vous plaindre de l'ingratitude des temps, de la dureté des impoſitions & de l'entretien onéreux de vos groſſes maiſons. Le vin, les femmes, le jeu & la mauvaiſe foi diminuent la fortune & multiplient les beſoins. Il en coûte plus cher pour maintenir un vice, que pour élever deux enfants. Vous, que quelques recherches de plus dans les habits, quelques amuſements de temps en temps, ne peuvent pas être d'une grande importance; un peu, répété pluſieurs fois, fait beaucoup. Soyez en garde contre les petites dépenſes. Il ne faut qu'une légere voie d'eau pour ſubmerger un grand vaiſſeau. La délicateſſe du goût conduit à la mendicité. Les fous donnent les festins & les sages les mangent.

Vous voilà tous rassemblés ici pour une vente de curiosités & de brinborions précieux. Vous appellez cela des biens ; mais, si vous n'y prenez garde, il en résultera de grands maux pour quelques-uns de vous. Vous comptez que ces objets se vendront à bon marché, c'est-à-dire, moins qu'ils n'ont coûté ; mais s'ils ne vous sont pas réellement nécessaires, ils seront toujours beaucoup trop chers pour vous. Il est écrit : Si tu achetes ce qui est superflu pour toi, tu ne tarderas pas à vendre ce qui t'est le plus nécessaire ; fais toujours réflexion avant de profiter d'un bon marché. Très-souvent un bon marché n'est qu'illusoire, & en vous gênant dans vos affaires, il vous cause plus de tort qu'il ne vous fait de profit. J'ai vu quantité de gens ruinés pour avoir fait de bons marchés. C'est une folie d'employer son argent à acheter un repentir. C'est cependant ce qu'on fait tous les jours dans les ventes, faute d'avoir pris des almanachs du bon-homme Richard. L'homme sage, dit-il, s'instruit par les malheurs d'autrui. Les fous deviennent rarement plus sages par leur propre malheur : il en est plus d'un, qui, pour orner ses épaules, a fait jeûner son ventre, & a presque réduit sa famille à se passer de pain. Les étoffes de soie, les satins, les écarlates & les velours, refroidissent la cuisine. Loin d'être au nombre des besoins de la vie, on peut à peine les regarder comme des commodités. L'on n'est tenté de les avoir qu'à cause de l'éclat de leur apparence. C'est ainsi que les besoins artificiels qu'on s'eſt fait ſont devenus plus nombreux que les beſoins naturels. Pour une perſonne réellement pauvre, il y a cent indigents. Par ces extravagances & autres ſemblables, les gens bien nés ſont réduits à la pauvreté, & ſont forcés d'avoir recours à ceux qu'ils mépriſoient auparavant, mais qui ont ſu ſe maintenir par l'induſtrie & la tempérance. C'eſt ce qui prouve qu'un manant ſur ſes pieds eſt plus grand qu'un gentilhomme à genoux. Peut-être ceux qui ſe plaignent le plus avoient-ils hérité d'une fortune honnête; mais, ſans connoître les moyens par leſquels elle avoit été acquiſe, ils ſe ſont dit : Il eſt jour, & il ne ſera jamais nuit, une ſi petite dépenſe ſur une fortune comme la mienne ne mérite pas qu'on y faſſe attention. Mais, dans le fonds, les enfants & les fous imaginent que vingt écus & vingt ans ne peuvent jamais finir. Mais, à force de toujours prendre à la huche ſans y rien mettre, on vient bientôt à trouver le fond; mais ce n'eſt que quand le puits eſt ſec qu'on connoît la valeur de l'eau. Etes-vous curieux, mes amis, de connoître ce que vaut l'argent? Allez & eſſayez d'en emprunter à quelqu'un; celui qui veut faire un emprunt doit s'attendre à une mortification. Il en arrive autant à ceux qui prêtent à certaines gens, quand ils vont redemander leur dû. Mais ce n'eſt pas là notre queſtion. Le bon-homme Richard, à propos de ce que je diſois d'abord, vous avoit déjà prévenus que l'orgueil de la parure eſt un travers funeſte. Avant de conſulter votre fantaiſie, conſultez votre bourſe. L'orgueil eſt un mendiant qui crie auſſi haut que le beſoin, mais qui eſt infiniment plus insatiable. Si vous avez acheté une jolie chose, il vous en faudra dix autres encore, afin que l'assortiment soit complet; car, il est plus aisé de réprimer la premiere fantaisie, que de satisfaire toutes celles qui viennent ensuite. Il est aussi fou au pauvre de vouloir être le singe du riche, qu'il l'étoit à la grenouille de s'enfler pour devenir égale au bœuf. Les gros vaisseaux peuvent risquer davantage; mais il ne faut pas que les petits bateaux s'éloignent du rivage. Les folies de cette espece sont bientôt punies; & la gloire qui dîne de l'orgueil, fait son souper du mépris; elle déjeûne ordinairement avec l'abondance, dîne avec la pauvreté, & soupe avec la honte. Que revient-il, au reste, de cette vanité pour laquelle on se donne tant de peines, & l'on s'expose à de si grands chagrins? Cela ne peut ni nous conserver la santé, ni nous guérir de nos maladies. Au contraire, sans augmenter le mérite personnel, cela fait naître l'envie, & précipite la ruine des fortunes. Qu'est-ce qu'un papillon? Ce n'est tout au plus qu'une chenille habillée, & voilà ce qu'est l'amateur des superfluités. Quelle folie, d'ailleurs, n'est-ce pas que de s'endetter pour de telles fadaises! Dans cette vente-ci, mes amis, on offre six mois de crédit, & peut-être est-ce l'avantage de cette condition qui a engagé plusieurs de vous à s'y trouver, parce que, n'ayant point d'argent comptant à dépenser, ils trouveront la facilité de satisfaire leur fantaisie sans rien débourser. Mais pensez-vous bien à ce que vous faites, lorsque vous vous endettez? Vous donnez des droits à un autre homme sur votre

tre liberté. Si vous ne payez pas au terme fixé, vous ſerez honteux de voir votre créancier, vous ſerez dans l'appréhenſion en lui parlant : vous vous abaiſſerez à des excuſes pitoyablement motivées ; peu à peu vous perdrez votre franchiſe, & vous viendrez enfin à vous déshonorer par les menteries les plus évidentes & les plus mépriſables ; car la premiere faute eſt de s'endetter, la ſeconde eſt de mentir. Le faiſeur de dettes a toujours le menſonge en croupe. Un homme libre ne devroit jamais rougir ni appréhender de parler à quelque homme vivant que ce ſoit, ni de le regarder en face. La pauvreté n'eſt que trop capable d'anéantir le courage & toutes les vertus. Il eſt difficile qu'un ſac vuide puiſſe ſe tenir debout. Que penſeriez-vous d'un prince ou d'un gouvernement qui vous défendroit, par un édit, de vous habiller comme les perſonnes de diſtinction, ſous peine de priſon ou de ſervitude ? Ne diriez-vous pas que vous êtes nés libres, que vous avez le droit de vous habiller comme bon vous ſemble, qu'un tel édit ſeroit un attentat formel contre vos privileges, & qu'un tel gouvernement ſeroit tyrannique ? Et cependant vous vous ſoumettez vous-mêmes à cette tyrannie quand vous vous endettez par la fantaiſie de paroître. Votre créancier a le droit, ſi bon lui ſemble, de vous priver de votre liberté, en vous confinant, pour toute votre vie, dans une priſon, ou en vous vendant comme eſclave, ſi vous n'êtes pas en état de le payer. Quand vous avez fait le marché qui vous plaît, il peut arriver que vous ne ſongiez guere au paiement ; mais les créanciers ont meilleure mémoire que les débiteurs. C'est la secte du monde la plus superstitieuse. Il n'y a pas d'observateurs plus exacts qu'eux de toutes les époques du calendrier. Le temps roule autour de vous sans que vous y fassiez attention, & l'on vient former la demande, avant que vous ayiez formé le moindre préparatif pour y satisfaire. Si vous songez, au contraire, à votre dette, le terme qui paroissoit d'abord si long, vous semblera extrêmement court lorsqu'il s'approchera. Il semble que le Temps ait des aîles aux talons comme il en a aux épaules. Le carême est bien court pour ceux qui doivent payer à pâques. L'emprunteur & le débiteur sont deux esclaves, l'un du prêteur, l'autre du créancier; ayez horreur de cette chaîne. Conservez votre liberté & votre indépendance : soyez industrieux & sages; soyez modestes & libres; mais peut-être pensez-vous en ce moment être dans un état d'opulence qui vous permet de satisfaire quelque fantaisie sans risquer de vous faire tort. Mais épargnez pour le temps de la vieillesse & du besoin, pendant que vous le pouvez; le soleil du matin ne dure pas tout le jour. Le gain est incertain & passager; mais la dépense sera toujours continuelle & certaine. Il est plus aisé de bâtir deux cheminées que d'en tenir une chaude; ainsi, allez plutôt coucher sans souper, que de vous lever avec des dettes. Gagnez ce qu'il vous est possible, & sachez ménager ce que vous avez gagné. C'est le véritable secret de changer votre plomb en or. L'économie est cette pierre, dont je ne me souviens pas du nom, laquelle enrichit; avec elle on ne se plaint pas de la rigueur des temps, & de la difficulté de payer les impôts. Cette doctrine, mes amis, est celle de la raison & de la prudence. N'allez cependant pas vous confier uniquement à votre industrie, à votre vigilance & à votre économie. Ce sont d'excellentes choses, à la vérité, mais elles vous seront tout-à-fait inutiles, si vous n'avez, avant tout, les bénédictions du Ciel. Demandez donc humblement ces bénédictions ; ne soyez point insensibles aux besoins de ceux à qui elles sont refusées ; mais donnez-leur des consolations & des secours. Souvenez-vous que Job fut pauvre, & qu'ensuite il redevint heureux.

Je n'en dirai pas davantage, & je ne sais où je prends tout ce que je vous dis ; il faut bien que le sage qui m'a envoyé vers vous m'inspire, car, de moi-même, je n'aurois jamais su où trouver tant de bonnes raisons ; or, je vous dis que l'expérience tient une école où les leçons coûtent cher ; mais c'est la seule où les insensés puissent s'instruire ; encore n'apprennent-ils pas grand chose : car on peut donner un bon avis, mais non pas la bonne conduite. Ressouvenez-vous donc que celui qui ne sait pas recevoir un bon conseil ne peut pas non plus être secouru d'une maniere utile ; car, si vous ne voulez pas écouter la raison, elle ne manquera pas de se faire sentir.

Ainsi, croyez-moi ; n'achetez aucune de ces babioles que voilà ; contentez-vous du nécessaire, & ne courez point après un superflu inépuisable lorsqu'on ne sait pas le mépriser. Un abyme appelle un autre abyme, & quand il manque un grain au chapelet il se défile bien vîte. Envoyez toutes ces guenilles à vos voisins qui n'ont pas réfléchi sur les maximes que je viens de vous exposer, ou plutôt, envoyez-les à ceux qui veulent vous opprimer ; s'ils les achetent, tant mieux pour vous ; permis à eux de faire les sots à leurs dépens ; ils auront dépensé, en gueuseries, l'argent qu'ils auroient employé à vous faire la guerre ; car, point d'argent point de Suisse ; & vous, au contraire, vous aurez épargné de quoi vous défendre & de quoi payer chacun sa quote-part de ce qu'il faut pour soutenir votre république naissante. Un habit de drap couvre aussi-bien qu'un habit de brocard d'or & tient plus chaud ; & vive la poule, encore qu'elle ait la pépie.

Sancho termina ainsi sa harangue. Tout le monde l'admira, & il n'y eut personne qui ne convînt que les maximes dont elle étoit presque entiérement composée étoient pleines de sens & de raison. Le bon-homme Richard pleuroit de joie dans l'idée où il étoit que ses chers concitoyens étoient prêts à renoncer à toutes les vaines & ridicules fantaisies dont ils s'étoient occupés pour ne plus songer qu'aux choses vraiment utiles. Il s'en félicitoit avec Sancho, & celui-ci s'applaudissoit déjà en lui-même sur son éloquence, lorsque le crieur public annonça le commencement de la vente. A sa voix tous les auditeurs laisserent là Sancho & Richard ; chacun s'empressa de mettre l'enchere à quelque article, & tous les colifichets qui en faisoient la plus grande partie furent enlevés en moins de rien. Que diable est ceci donc, dit Sancho, ces gens-là trouvent que j'ai raison,

& ils font, l'instant d'après, précisément tout le contraire de ce que je leur ai dit ? Oh! oh! je vois bien qu'on a beau prêcher à qui n'a envie de bien faire, & qu'il faudra prendre d'autres moyens pour leur faire entendre que tant va la cruche à l'eau qu'enfin elle se brise, & que s'ils continuent à se conduire ainsi, leur or se changera, dans peu, en feuilles de chêne. Allons-nous-en, pere Richard, dit Sancho; il y a plus d'une heure au jour, & ce qui est différé n'est pas perdu; ils ne se sont point amendés aujourd'hui; eh bien, ils s'amenderont peut-être demain, ne jetons point le manche après la coignée; un verre de vin porte conseil, allons-le boire; & puis, j'ai parlé si long-temps que j'ai le gosier sec comme les feuilles d'antan. En disant ces mots, il emmenoit son associé, qui, tout triste, tout pensif & tout confus d'avoir vu que le discours pathétique de Sancho étoit resté sans effet, le suivoit sans mot dire. Ah! s'écria-t-il enfin, ils sont incorrigibles, & je commence à désespérer d'eux. Il y a remede à tout hors à la mort, repliqua Sancho; ils m'ont écouté, ils m'écouteront encore; grain à grain la huche se remplit, patience, & buvons un coup de chaque main.

Ils rentrerent chez le bon-homme Richard, où Sancho essaya de se consoler en donnant de fréquentes atteintes à un gros flacon, & attaquant avec le même courage un excellent fromage de Chester. Le bon-homme Richard, tout en lui faisant raison, rêvoit profondément sur les moyens de ramener ses concitoyens à leurs premieres mœurs. Seigneur Sancho, dit-il, pour venir à bout de notre dessein, il seroit à propos de tenir conſeil avec deux de mes amis qui gémiſſent comme moi ſur les abus que nous déplorons. Ils ont tous les deux beaucoup de prudence, d'expérience & d'eſprit, & très-certainement, nous nous trouverons bien de de leurs avis. A la bonne heure, dit Sancho, je ſuis de tous bons accords, & quatre yeux voyent mieux que deux. Mais qui ſont ces deux hommes-là ? — C'eſt un homme & une femme ; Sir Thomas & Miſtriſs Rachel qui ſont pleins de mérite. — Une femme ! dit Sancho, une femme pleine de mérite ! Parbleu, il faut venir en Amérique pour en trouver de telles ; car, de par tous les diables, ſeroit bien fin qui en déterreroit une en Europe. Oui, mon cher faiſeur d'almanachs, pour la rareté du fait, il faut qu'elle partage avec votre ami & nous la gloire qui nous en reviendra ; car, à préſent je commence à croire que nous menerons la barque à bon port, puiſqu'une telle femme s'en mêlera. Serpedié ! il n'y en a pas quatorze à la douzaine, nenni. Allez donc vîte les chercher, & puis nous verrons. Le bonhomme Richard courut inviter à ſouper Sir Thomas & Miſtriſs Rachel qui furent très-aiſes de faire connoiſſance avec Sancho, dont, ainſi que tous les autres, ils avoient admiré le diſcours, & qui ſeuls en avoient profité. Ils ſouperent auſſi gaîement que les conjonctures le permettoient, & après ſouper ils eurent enſemble la converſation ſuivante, dont tout ceci, pour ainſi dire, n'eſt que l'avant-propos.

CONVERSATION

APRÈS SOUPER,

ENTRE

MISTRISS RACHEL, SIR THOMAS, LE BON-HOMME RICHARD ET SANCHO-PANÇA.

SANCHO.

OR çà, mes amis, après la pance vient la danſe, dit-on, mais il ne s'agit pas ici de danſer, il eſt queſtion de raiſonner ſur ce que nous avons à faire au ſujet de tant d'honnêtes gens qui ne ſont malheureux que parce qu'ils courent après des babioles & négligent l'eſſentiel. Commencez à nous dire votre avis, Miſtriſs Rachel; car, à tous ſeigneurs, tous honneurs, & les honneurs vous ſont bien dûs, puiſque, quoique femme, vous êtes bonne; de tels oiſeaux, on en voit autant que de cygnes noirs; c'eſt pourquoi, lorſque, de mille en mille ans, il en pleut une du ciel pour l'oppoſer à celles que le diable a créées ſur la terre, on doit crier au miracle encore plus qu'on n'y crie à St. Jacques de Compoſtelle le jour de la fête du patron. Et on doit l'écouter & profiter de ce qu'elle dit; car qui écoute & ne profite, nul mal n'évite. Parlez donc, Miſtriſs Rachel, & dites-nous, à la franquette, ce que vous penſez.

MISTRISS RACHEL.

Seigneur Sancho, je ſuis bien flattée de la bonne opinion que vous avez de moi; il s'en faut de beaucoup que je mérite les éloges que vous me prodiguez; mais puiſque....

SANCHO.

Encore! une femme modeſte! oh cela eſt eſt trop fort. Si ma Thérese eſt morte, comme je l'eſpere, touchez là, Miſtriſs Rachel; nous ferons bon ménage. Mais revenons à nos moutons.

MISTRISS RACHEL.

Bien ſenſible à vos ſentiments, ſeigneur Sancho. Je voulois dire que nos concitoyens ne ſont gênés dans les circonſtances préſentes que parce que malheureuſemeut pluſieurs d'entr'eux ont voyagé chez des peuples voiſins & ſont revenus dans leur patrie chargés de vices étrangers qui ont pris la place de leurs vertus primitives. Il y a des nations chez leſquelles le *paroître* eſt tout, & l'*être* n'eſt rien. Et c'eſt cette fureur de paroître qui amene ſe luxe, lequel, dangereux dans tous les temps, eſt mortel lorſqu'il s'introduit dans une république naiſſante. Sir Thomas, vous avez beaucoup voyagé; n'êtes-vous pas de mon avis?

SIR THOMAS.

Sans contredit. J'ai même vu que, dans le

pays où le luxe étoit porté au plus extravagant degré, il s'y trouvoit des philosophes qui déploroient cet aveuglement fatal & qui n'assignoient aux malheurs de l'état d'autre cause que les excès qui le suivent.

SANCHO.

Eh bien, il n'y a qu'à le défendre une fois pour toutes, & qu'il n'en soit pas plus parlé que des neiges d'antan.

SIR THOMAS.

Je ne crois pas que des loix somptuaires produisissent l'effet desiré. A Geneve & en Suisse, il est défendu aux femmes de paroître en public avec des diamants ; elles éludent la loi en s'en ornant chez elles.

MISTRISS RACHEL.

Sir Thomas a raison. Je pense qu'il seroit plus à propos pour ramener les esprits à la raison & à la vérité, de leur présenter un petit Cours abrégé de morale simple & insinuante, divisé en leçons courtes & faciles à retenir, qu'on pût regarder comme un livret de tous les jours & de toutes les heures. Le bon Richard & le seigneur Sancho sont très-capables de le rédiger ; Sir Thomas communiqueroit ses lumieres & moi mes réflexions.

SANCHO.

Et pardi, voilà qui est parler d'or ; chaque

jour amene ſon pain, chaque jour ameneroit ſa leçon. Qu'en dites-vous, pere Richard ?

LE BON-HOMME RICHARD.

C'eſt très-bien vu, Miſtriſs Rachel ; il y a 365 jours dans l'année ; on pourroit adapter une leçon propre à chaque jour, laquelle fourniroit un ſujet de méditation qui pourroit faire reſſouvenir des anciennes mœurs & contribuer à les faire renaître ; ainſi, ce ſeroit en forme de calendrier qu'il faudroit dreſſer ce cours, de maniere que depuis le 1 Janvier juſqu'au 31 Décembre il n'y eût pas un ſeul jour de l'année qui n'offrît matiere à réfléchir ; il y a trente ans que j'en fais, je me tirerai bien encore de celui-ci avec votre ſecours. Mais une choſe m'embarraſſe ; un cours de morale eſt fait pour tous les temps, & doit être auſſi bon dans dix ans qu'aujourd'hui, & ſi nous appliquons nos maximes aux jours d'une certaine année, comme les années ne ſe reſſemblent pas à cauſe de la variation des fêtes mobiles, il y aura des gens qui croiront que notre calendrier ne ſera bon que pour l'année dans laquelle il paroîtra, & cet inconvénient me paroît important. D'ailleurs, les lunaiſons, les....

SIR THOMAS.

Eh qu'importent les phaſes de la lune ? il n'y a qu'à n'en point mettre du tout. Quant aux fêtes mobiles....

SANCHO.

Et par la gerni vous me faites rire avec vos fêtes *nobiles*, je ſais ce que c'eſt ; car M. le curé me l'a ſouvent dit ; mais je ſais auſſi qu'il avoit grand ſoin de les annoncer au prône. Eſt-ce qu'il n'en eſt pas de même ici ? Allez, allez, c'eſt l'affaire des curés ; puiſque Mars vient toujours en carême, en voilà plus qu'il n'en faut ; & puis, une leçon bonne pour un jour de fête, pourquoi ne le feroit-elle pas pour un autre jour ? Le pain cuit le dimanche a-t-il un autre goût que celui qui eſt cuit le ſamedi ? Et, à l'égard des *fares* de la lune, comme dit *Sir* Thomas, eſt-ce qu'ils ſont lunatiques vos gens ? ou bien s'agit-il ici de ſemer des navets ou des carottes pour qu'il faille conſulter la lune ? Il n'y a lune qui tienne, un bon avis eſt bon en tout temps. Ainſi, pere Richard, travaillons toujours à bon compte, & croyons que quand on ſeme du froment il n'y vient pas de l'orge, & que le temps bien employé n'eſt jamais temps à regretter.

MISTRISS RACHEL.

Le ſeigneur Sancho a raiſon, & je ne penſe pas que les obſervations qu'a faites le bonhomme Richard doivent nous arrêter, quoiqu'au premier aſpect elles paroiſſent fondées en quelque ſorte. Il faudroit, en effet, être hors de ſens pour ne pas trouver bon pour l'année prochaine ce qui l'aur[a] été pour celle-ci.

SIR THOMAS.

Sur-tout quand il s'agit de morale. Les vrais principes n'en sont sujets à aucune mutabilité ; elle est éternelle comme celui qui nous a fait connoître ces principes, & je suis pleinement de l'avis du seigneur Sancho.

LE BON-HOMME RICHARD.

Je me rends, & je conviens qu'il importe fort peu que les lunaisons y soient marquées & que les maximes qui auront trait aux fêtes mobiles soient mises à côté de ces fêtes ou non. Quiconque voudra s'instruire saura bientôt trouver la leçon qui lui convient.

SANCHO.

C'est bien dit. Qui a besoin de feu sait bien où en chercher, & il n'ira pas à la glaciere pour y prendre un tison. Or çà, ne perdons point de temps ; car le temps s'en va & la mort vient, & au bout du fossé la culebute.

Le résultat de cette sublime conversation fut, comme on voit, que le bon-homme Richard se chargea de rédiger les principes de morale de Sancho, de Mistriss Rachel & de Sir Thomas ; ce qu'il exécuta comme il s'ensuit.

CALENDRIER

CALENDRIER
DE
PHILADELPHIE.

JANVIER.

1. Que d'amis aujourd'hui! Heureux qui ſait en faire le diſcernement; car il en eſt peu de vrais, beaucoup de faux, & une infinité de frivoles.

2. Miſtris Rachel compare l'ami faux à une dent gâtée, & les amis frivoles à des dents branlantes. On ne peut attendre que beaucoup de mal de l'une, & aucun bien des autres.

3. *Ste. Geneviev.* Jeune bergere, gardez ſoigneuſement votre troupeau & votre honneur; vous ne ſerez tourmentée ni de vapeurs, ni de remords. Vous auriez, peut-être, fait plus de cas

d'un bouquet que d'un conſeil; mais nous ne ſommes pas dans la ſaiſon des fleurs, & un bon avis eſt toujours de ſaiſon.

4. La jeuneſſe a beſoin de conſeils, & n'eſt pas toujours diſpoſée à les bien recevoir. La vieilleſſe aime à donner des conſeils, & n'eſt pas toujours attentive à les bien placer.

5. Les Quakers ſe ſont fait un principe de religion de ne point boire à la ſanté les uns des autres. Ils craindroient que cela ne les engageât à boire au delà de leur ſoif. Pourquoi la ſageſſe de nos Quakers eſt-elle farcie de tant de ridicules, tandis que la folie des petits-maîtres François eſt paîtrie de graces ?

6. *Epiphanie.* L'apôtre approuve l'uſage modéré du vin. En effet, le vin fortifie le corps, aiguiſe l'eſprit, réveille l'eſpérance, diſſipe le chagrin, inſpire l'éloquence, anime le courage, reſſerre l'amitié. Oh ! la bonne choſe que le vin !

7. Le ſage compare le vin à un ſerpent, qui s'inſinuant doucement, pique & empoiſonne enfin. En effet,

PRÉFACE.

L'objet de cette préface n'est point de prévenir le public en faveur du petit ouvrage que je lui présente. Je sais trop combien les éloges des traducteurs lui sont suspects.

J'ai traduit ce calendrier parce qu'il m'a paru bon & agréable à lire. Je crains seulement de ne l'avoir pas assez bien rendu dans notre langue, pour que mes lecteurs en portent le même jugement.

*J'avois encore une autre inquiétude ; c'étoit que l'écrit d'un prétendu-réformé n'étant, peut-être, pas vu d'un bon œil dans un état monarchique & catholique, ne jettât quelque suspicion sur la pureté de mes propres sentiments. Mais des personnes sages & judicieuses m'ont assuré, après l'avoir lu en entier, que non-seulement ils n'y avoient trouvé ni sophismes ni sarcasmes contre aucun des dogmes de l'église, consignés dans l'*Exposition de la foi, par Bossuet; *mais qu'il étoit écrit avec autant ou plus de modération qu'ils n'auroient cru pouvoir en attendre d'un républicain & d'un sectaire.*

L'auteur leur a paru imbu des principes les plus raisonnables en matiere de politique, reconnoissant positivement & démontrant avec énergie que la monarchie simple est la seule forme de gouvernement qui puisse rendre un grand état heureux & florissant.

Quant à la religion, l'auteur s'en montre vivement pénétré; il en parle avec onction, & la force avec laquelle il en fronde quelques abus, n'approche pas de la véhémence de nos Arnaud & de nos Pascal.

Si néanmoins il avoit encore besoin d'un peu d'indulgence à cet égard, combien n'en mériteroit-il pas par la bonne morale qu'il respire & qu'il inspire constamment, depuis le premier Janvier jusqu'au dernier Décembre?

l'excès du vin affoiblit le corps, altere la ſanté, trouble l'eſprit, offuſque la raiſon, ſuſcite des querelles, fait oublier les devoirs, & réveler les ſecrets. Ah, l'horrible choſe que l'ivrognerie !

8. *Ne donnez point de vin aux princes du peuple, de peur d'altérer leur jugement. Donnez du vin aux malheureux, afin d'affermir leur courage.* Ainſi parloit le plus ſage des rois.

9. Indépendamment des maux ſpirituels & corporels que cauſe journellement l'ivreſſe, ſes conſéquences prochaines & éloignées ne ſont pas moins redoutables. On ſait à quoi le ſommeil, ſuite de la crapule luxurieuſe, expoſa Holopherne. On ſait en quelle poſture le ſommeil, ſuite d'une ſurpriſe de vin, réduiſit Noë. On ſait quel jugement il rendit contre ſon petit-fils Chanaan, à ſon premier réveil. On ſait combien d'ivrognes périſſent d'hydropiſie au milieu de leur carriere.

10. *St. Paul premier hermite.* C'eſt très-bien fait de ſe retirer quelquefois dans la ſolitude ; mais il ne convient pas d'y reſter toujours, ſi ce n'eſt dans le cas d'une

vocation divine extraordinaire : comme étoit san doute celle de l'Hermite Paul. L'homme se doit à sa famille, à sa patrie, à son prochain, dans toute l'étendue du terme.

11. On me demandera, peut-être, ce que j'entends précisément par le mot *prochain*, & jusqu'où l'on doit en étendre le sens ? Il s'étend à toute l'humanité, de proche en proche ; mais, par nuances. Voyez comment ces sillons circulaires, provenants de la chûte d'une petite pierre au milieu d'un grand étang, s'étendent jusqu'à la circonférence, plus profonds au voisinage de leur point central, plus superficiels à mesure que l'aire s'agrandit.

12. Nul homme au monde ne peut se flatter de se suffire toujours à lui-même depuis sa premiere enfance, jusqu'à son extrême vieillesse : preuve certaine que Dieu nous a tous faits pour la société.

13. Il est, dans l'état de société, mille occasions de se prêter tour-à-tour des secours, tant corporels que spirituels, plus avantageux à celui

qui les reçoit, qu'onéreux à celui qui les donne. Voilà le principe fondamental de la société humaine : s'il est puisé dans la nature, il est donc émané de son auteur.

14. Si un homme qui vous est inconnu, tombe dans un fossé, une propension naturelle vous pousse à le secourir aussi-tôt ; & par réflexion, vous n'aurez qu'à vous en féliciter : en secourant votre semblable, vous acquittez un devoir, & vous acquérez un droit. La confiance qu'une telle épreuve lui inspirera en vous ; celle que vous prendrez réciproquement en lui ; la force dont ce sentiment animera vos cœurs ; la douceur qu'il répandra dans vos ames, seront les nœuds d'une petite confédération qu'il est difficile de se représenter, sans se sentir pénétré du goût de la vertu.

15. Ne renvoyez pas votre ami à demain, si vous pouvez l'obliger aujourd'hui ; car vous n'êtes pas assuré d'un jour de vie.

16. Le travail est le pere de toutes les vertus, comme l'oisiveté est la mere de tous les vices. N'est-il pas

vrai, *Sir* Thomas ? Vous avez raiſon, Miſtris Rachel. Le travail fortifie le corps, maintient la ſanté, prolonge la vie, & fait paroître le temps court ; parce que le travail eſt dans l'ordre de la nature. L'oiſiveté, au contraire, porte les marques viſibles de la réprobation divine ; elle engendre la molleſſe & l'ennui, les maladies & la miſere ; elle induit le riche à tous les vices, & le pauvre à tous les crimes.

17. *S. Antoine.* *St. Antoine*, dont l'égliſe Romaine célebre aujourd'hui la fête, ſavoit, dit l'auteur de ſa vie, *que celui qui ne travaille point, ne doit point manger.* D'un autre côté, on ſait qu'il eſt ordonné, dans l'écriture, de donner à manger au bœuf qui a tracé ſon ſillon.

18. La chaire des pontifes Romains eſt devenue un trône. Miſtris Rachel demande ſi un ſiege, pour être plus élevé, en eſt plus près des cieux ?

19. Les croſſes des évêques, qui étoient anciennement de bois, ſont d'or aujourd'hui. Au moins en réſulte-t-il, dit *Sir* Thomas, que l'on n'a

n'a plus tant de peine à trouver des ſujets qui veuillent s'en charger.

20. Que la religion étoit ſimple dans ſon origine ! Eſt-il à croire que Dieu tienne grand compte aux hommes de toutes les décorations qu'ils y ont ajouté de leur chef ? Eſt-ce pour plaire à Dieu, ou n'eſt-ce que pour plaire aux hommes, que les actes de religion ont été ſurchargés de muſique, d'orgues, de ſerpents, &c. ?

21. Le *fardeau* de Jeſus-Chriſt étoit *léger* ; mais on l'a bien aggravé. Reſte à ſavoir ſi la religion y a beaucoup gagné. Plus de préceptes, plus d'infractions, dit Miſtris Rachel.

22. On dit que beaucoup de joueurs commencent par être dupes, & finiſſent par être frippons ; ne pourroit-on pas en dire à peu près autant de beaucoup de moines ?

23. Les moines attendent qu'on leur mette le pain à la bouche, tandis qu'ils tiennent leurs mains ſous leur aiſſelle. Et voilà, dit Miſtris Rachel, ce qu'on appelle renoncer au monde !

24. Timothée ne buvoit que de l'eau. St. Paul, dont il étoit le disciple, lui conseilla de boire un peu de vin, comme stomachique. En effet, les médecins disent que le vin est le vrai remede aux foiblesses d'estomac, comme le vinaigre à l'ivresse, l'esprit de vin aux brûlures, & l'éther aux coliques venteuses.

25. Sir Thomas veut que les poëtes boivent largement, afin d'échauffer leur imagination; & les philosophes sobrement, afin de ne pas troubler leurs idées.

26. L'homme foible craint la mort, le malheureux l'appelle, le brave la provoque, & le sage l'attend. Celle à laquelle on se dévoue pour la patrie, n'est jamais prématurée à quelque âge que l'on meure.

27. La sagesse est plus précieuse que l'or; parce qu'elle est plus rare & plus utile. La sagesse est le seul trésor pour lequel on n'ait rien à craindre des voleurs.

28. La sagesse a assisté aux conseils de Dieu. Si elle préside aux nôtres, le ciel s'ouvrira devant nos yeux, &

la terre s'affermira ſous nos pas ; tous nos jours ſeront ſereins, & toutes nos nuits ſeront tranquilles.

29. L'inſenſé eſt comme un arbre qui a peu de racines, que le ſoleil deſſéchera bientôt. Le ſage eſt comme un arbre bien enraciné, qui ſera toujours couvert de fleurs au printemps, & de fruits en automne.

30. Le ſage moiſſonne dès le matin. L'inſenſé attend à glaner le ſoir. Le ſage ſera honoré dans ſa vieilleſſe, la vieilleſſe de l'inſenſé manifeſtera de plus en plus ſa turpitude.

31. L'inſenſé admiroit la beauté du joug doré qu'on lui impoſoit ; la dorure eſt tombée, & il reſte ſous le joug. Le ſage eſt, & ſera toujours libre. Il connoît tout le prix, comme diſoit le bon La Fontaine :

d'un bien,
Sans qui les autres ne ſont rien.

FÉVRIER.

1. Être bon, comme Dieu est bon, ce n'est pas seulement le vrai moyen de lui plaire ; c'est encore l'unique moyen d'être vraiment heureux dans cette vie, même abstraction faite de toute espérance d'une vie à venir.

2. Qu'est-ce que la vertu ? Si vous en recherchez l'étymologie, *Vertu*, en Latin, *Virtus*, dérive de *Vir*, qui signifie homme. Ce terme est donc fait pour exprimer la qualité qui distingue le plus spécialement l'homme vraiment digne de ce nom.

3. Chez les anciens Romains, tous guerriers, le mot *Virtus* signifioit simplement bravoure. Chez les Romains modernes, qui font plus de cas de la musique, de la poésie, de la peinture, &c., le mot *Virtuoso* signifie un amateur éclairé des beaux arts. Chez les philosophes, la vertu n'est autre chose que l'amour de l'ordre. Chez les dévotes, la vertu suprême est la multiplicité des rites de leur religion.

4. Si l'on en croit le pere Malebranche, *l'amour de l'ordre est l'unique vertu.* Qu'en pensez-vous, Sir Thomas? L'amour de l'ordre est, sans doute, la base de toutes les vertus, comme l'amour du prochain en est le complement; mais il me semble que toutes les vertus ne peuvent pas se réduire absolument à l'amour de l'ordre. Ne pourroit-on pas définir la vertu, en général, le courage de supporter un mal, ou de se priver d'un bien, pour détourner de plus grands maux, ou procurer de plus grands biens? Il semble que toutes les vertus sont comprises dans cette définition.

5. La justice est la seule vertu qui ne soit point susceptible d'excès. Toutes les autres flottent entre deux écueils, & pourroient être portées trop loin, même jusqu'à dégénérer en vices. Ainsi, toutes ces vertus doivent être tempérées l'une par l'autre. La générosité doit être combinée avec l'économie, le courage allié avec la prudence, la franchise dirigée par la discrétion, & ainsi des autres.

6. L'homme juste remplit constamment tous ses devoirs, & pese dans la balance, la plus égale, tous ses droits

& ceux d'autrui. Le philosophe se montre plus attentif à ses devoirs que jaloux de ses droits. L'homme éminemment vertueux sacrifie volontairement de son propre avantage aux besoins de son prochain.

7. La Rochefoucault dit que *l'hypocrisie est un hommage que le vice rend à la vertu*. Sir Thomas demande d'où vient que les vertus morales ont si peu de part à cet hommage de l'hypocrisie, qui ne semble s'attacher qu'à ce qu'on appelle des vertus chrétiennes ?

8. *St. Etienne de Grand-Mont.* St. Etienne, fondateur de l'ordre de Grand-Mont, a défendu expressément à ses disciples d'avoir jamais aucuns procès. Les autres fondateurs d'ordres religieux ont apparemment jugé cette précaution peu nécessaire.

9. Jesus-Christ avoit donné la même leçon à tous les chrétiens, mais seulement par forme de conseil. *Si quelqu'un*, dit-il, *vous appelle en justice pour lui céder votre robe, abandonnez lui encore votre manteau.*

10. Celui qui possède le talent de concilier les plaideurs, & qui en fait

fréquemment usage, est un homme bien précieux à ses concitoyens. Un accommodement peut quelquefois être onéreux à l'une ou à l'autre des parties ; mais un procès ne peut manquer de l'être à l'une & à l'autre. Le gain d'un procès n'est jamais tout pur gain ; & c'est quelquefois la ruine d'une famille.

11. Dieu ne m'a pas créé immortel, dit Sir Thomas ; mais il m'a créé libre. Je défendrai ma liberté jusqu'au trépas, & la transmettrai à mes enfants, & aux enfants de mes enfants. On peut m'enlever ma bourse, on peut m'ôter la vie ; mais on ne sauroit ravir la liberté à un homme de cœur.

12. *Les Cendres.* L'église Romaine rappelle en ce jour aux chrétiens leur origine & leur fin ; deux grands & beaux sujets de méditation.

13. Le mariage est d'institution divine ; cependant, il a plu à la cour de Rome de le défendre pendant des mois entiers chaque année. Le carême est bien long pour ceux qui sont fiancés en carnaval, dit Mistris Rachel. Il est bien court pour ceux qui doivent

rendre de l'argent à Pâques, dit le docteur Franklin.

14. La religion est un lien sacré qui nous attache à Dieu. Il est essentiellement le tissu de deux cordons, qui sont la vérité & la vertu. Ce lien peut encore être resserré par différents nœuds; mais il faut prendre garde de les multiplier au-delà du besoin.

15. Un célebre publiciste à très-bien dit *que les choses indifférentes de leur nature ne sont pas du ressort de la loi.* Encore moins doivent-elles être regardées comme des objets de religion.

16. Des caracteres, non équivoques, doivent distinguer la seule religion véritable de toutes religions mensongeres. Les trois principaux caracteres de la vraie religion, sont l'évidence de son origine, la sublimité de ses dogmes, & la sainteté de sa morale.

17. Aimer Dieu souverainement, & nous conformer en tout à l'ordre qu'il a établi; aimer notre prochain comme nous-mêmes, & embrasser

tout le genre humain dans la ſphere de notre bienveillance ; voilà en deux mots le ſommaire de notre religion ; & de qui l'avons nous reçue ? De Dieu même.

18. Comment prouvons-nous que nous aimons Dieu, & que nous lui ſommes dévoués ? En ſuivant les lumieres qu'il a répandues dans nos ames, & en nous conformant à l'ordre qu'il a mis dans l'univers.

19. La même ſageſſe divine a préſidé à la combinaiſon du ſyſtême moral, & du ſyſtême phyſique de l'univers. Altérer l'ordre que Dieu a établi dans la nature, tant ſpirituelle que corporelle, c'eſt une infidélité & une bigoterie.

20. Lorſqu'un pouvoir eſt dans l'ordre de la nature, la nature même porte celui qui en eſt revêtu à n'en point abuſer. Ainſi, il y a conſtamment plus de bons peres que de mauvais.

21. Lorſque dans un grand & beau royaume, il n'y aura plus tant d'intermédiaires entre le pere de famille & ſes enfants, pour les piller ; lorſque l'on n'y entretiendra que le

nombre néceſſaire de gens d'égliſe, de gens de robe, de gens de guerre, & de gens de finance; l'agriculture & les arts ſeront bien exercés par le commun peuple, & ſi bien dirigés par les gens au-deſſus du commun, qu'il s'y trouvera moins d'hommes indigents que d'hommes ſecourables; & on écrira ſur la porte de l'hôpital-général, MAISON A LOUER.

22. Quelque culte que les hommes rendent à Dieu, ou qu'ils manquent de lui rendre, il fait lever également ſon ſoleil, & répand également ſes roſées ſur tous ſes enfants. Voilà le modele que doivent ſe propoſer ceux qui veulent être véritablement les peres des peuples.

23. *La foi ne ſe commande point. C'eſt un don de Dieu.* Il n'appartient qu'à l'Être ſuprême, de qui nos ames ſont émanées, d'allumer en elles cette flamme céleſte qui doit les épurer, pour les faire remonter juſqu'à lui.

24. Lorſque le zele embraſe les ames, il fait faire de très-grandes choſes; lorſqu'il eſt éclairé, il en fait faire de très-bonnes; mais que le zele

eſt dangereux, lorſqu'il n'eſt pas éclairé!

25. Le zele aveugle eſt le pere du fanatiſme, & le fanatiſme eſt le plus terrible des fléaux de l'humanité. Dieu béniſſe celui qui a fait de la tolérance civile une loi fondamentale de la Penſylvanie.

26. Quiconque reconnoît un Dieu, & croit implicitement tout ce que cet Etre Suprême a daigné enſeigner aux hommes, eſt un bon citoyen, ou peut aiſément le devenir; un tel homme mérite qu'on l'éclaire, & ne mérite pas qu'on le tourmente.

27. Tout intolérant, prêtre ou laïc, roi ou ſujet, tend un piege où il pourra être pris lui-même; il aiguiſe un trait dont on pourra le percer.

28. Quelqu'un a comparé toutes ces qualifications d'impies, d'hérétiques, de ſchiſmatiques, &c. à des balles de paume qu'on pouſſe, & qu'on ſe renvoie alternativement. Mais, dit Miſtris Rachel, une balle de paume ne peut que crever un œil, tout au plus; tandis que l'accuſation d'héréſie a fait brûler des milliers d'hommes d'un bout à l'autre de l'Europe.

MARS.

1. Toutes les vérités se tiennent par la main, & toutes les erreurs s'enchaînent les unes aux autres. Ceci mérite sur-tout votre attention, Rois de l'Europe. Si vous admettez que tous les hérétiques, ou fauteurs d'héréſies sont indignes de vivre, quelqu'un ne manquera pas d'en conclure qu'ils sont également indignes de regner; & s'il lui semble que vous ne vous portiez pas avec assez d'ardeur à exterminer les hérétiques, il vous jugera fauteurs d'héréſies; & dès-lors, voyez à quoi tiendra la trame de vos jours. Cette idée seule fait frémir.

2. La plupart des loix des nations portent l'empreinte des passions, ou des préjugés de leurs législateurs; ce qu'il est aisé de reconnoître, en les confrontant avec les loix pures & simples du législateur, sans passions & sans préjugés.

3. Dans la politique, comme dans les méchaniques, les ressorts les plus simples, sont ceux qui s'usent le moins,

moins, & qui produisent les plus grands effets. Moins les loix sont simples, plus elles prêtent à l'arbitraire dans leur application. On se trouve obligé de les multiplier, & leur multitude en fait un chaos, où la justice s'égare fréquemment.

4. La multiplicité des coutumes locales en France; l'adoption d'une multitude de loix étrangeres, du code, du digeste & des novelles; l'accession des loix canoniques, des décrétales, & des extravagantes; la variété des ordonnances, édits & déclarations des princes; les recueils d'arrêts & d'arrêtés des tribunaux, les commentaires & annotations des jurisconsultes, forment une bibliotheque immense & confuse. Les François ont fait du temple de Themis un labyrinthe, où le fil d'Ariane se trouveroit trop court.

5. La jurisprudence des arrêts est une mine d'or pour la chicane. Ne seroit-il pas à desirer, pour la France, que ses rois fissent fermer cette mine? comme *un roi de la Chine fit fermer*, dit-on, *une mine de diamants, pour ne pas détourner son peuple de l'agriculture.*

6\. L'agriculture eſt la ſource primitive de toutes les richeſſes ; les arts en étendent l'uſage ; le commerce en facilite la diſtribution ; la guerre les pille & les diſſipe.

7\. Les nations agricoles ſont les ſeules qui ſe ſoutiennent par elles-mêmes. Toutes les autres, ou s'appuient ſur celles-là, ou tombent & ſe détruiſent.

8\. Le travail & la frugalité procurent des richeſſes, & les richeſſes procurent de la conſidération. *Un laboureur, ſur ſes pieds, eſt plus haut qu'un gentilhomme ſur ſes genoux.* Plus ſage que moi l'a dit avant moi.

9\. Le jardinage eſt la premiere branche de l'agriculture ; c'eſt peut-être même la plus agréable de toutes, & ce n'eſt pas la moins utile.

10\. Il n'eſt rien tel que le bon air d'un jardin, & les ſoins toujours renaiſſants de ſa culture, pour entretenir la fluidité de notre ſang, l'activité de nos muſcles, & la ſérénité de nos eſprits, juſques dans l'âge le plus avancé. On voit germer, croître & mûrir dans chaque ſaiſon des générations nouvelles, dont on se regarde comme le pere; il semble qu'on renaisse, ou du moins qu'on se ranime avec elles. L'utile abri que ce bon vieillard procure à ses plantes en hiver, soutient son espérance par rapport à lui-même; & il se sent presque reverdir, comme elles, à chaque printemps.

11. Sir Thomas a semé des pépins d'arbres, dont il ne pouvoit s'attendre à recueillir les fruits. Il n'en a pas eu moins de plaisir à les voir lever. Il jouit de la contemplation de leur progrès annuel, comme si c'étoit autant d'ajouté à sa propre existence; & il s'applaudit chaque jour d'avoir pu faire ce petit bien physique, sans causer aucun mal moral.

12. *Si vous aimez la vie, ne perdez pas le temps; car c'est l'étoffe dont elle est faite*, dit le docteur Franklin. Le riche laborieux est un citoyen bien respectable.

13. Mistris Rachel, un de mes parents, a fait fortune au Pérou; on me conseille d'aller le trouver? Mais avec du travail & de l'économie, ne pourrois-je pas vivre tout aussi

heureux dans le ſein de ma patrie ? Oui, ſans doute. Semez, vous moiſſonnerez ici comme au Pérou.

14. Ajoutez à cela que vous ferez ici le bien de votre patrie, en faiſant le vôtre. J'aurois mauvaiſe opinion de vous, ſi vous étiez capable de l'abandonner dans une conjonćture où elle a beſoin de tous ſes enfants.

15. Le bien amaſſé peu-à-peu, eſt celui qui ſe conſerve le mieux. *Gagner ce qu'on peut, & garder ce qu'on gagne, eſt la vraie pierre philoſophale qui convertit le plomb en or*, dit le docteur Franklin.

16. Si vous élevez trop votre maiſon, le vent la renverſera plus aiſément. Le ſage ne deſire ni la pauvreté, ni l'opulence. L'une incite au crime, l'autre induit au vice.

17. Miſtris Rachel, j'avois envie de me donner un habit neuf à Pâques. Mais ne ferai-je pas mieux de porter encore quelque temps celui que j'ai ? Oui, ſans doute. La dépenſe que vous feriez pour un habit neuf, vous engageroit en une autre dépenſe pour le bien aſſortir, & celle-

là en une autre encore. Il eſt plus aiſé de réſiſter à la premiere tentation, que de ſatisfaire à toutes les autres.

18. D'ailleurs, on ſe diſtingue plus avantageuſement par ſes mœurs, que par ſon habit. C'eſt, ſans doute, dans cette confiance, dit Sir Thomas, que tant de jeunes ſeigneurs François ne font plus porter de livrée à leurs laquais.

19. *S'il ſe préſente un bon marché à faire, prenez le temps d'y réfléchir; car le ſuperflu s'achete toujours trop cher. Tel qui achete du ſuperflu, revendra du néceſſaire*, dit le docteur Franklin.

20. Non-ſeulement il faut ſonger à vos beſoins futurs, mais encore à ceux de votre famille. Vous êtes obligé de rendre à votre pere, & de prêter à votre fils, dit Miſtris Rachel.

21. Votre prévoyance ne doit pas même ſe borner aux beſoins ordinaires. Il faut vous ménager quelque réſerve pour des beſoins accidentels qui peuvent ſurvenir tout-à-

coup. Le soleil du matin ne luira peut-être pas tout le jour.

22. Et la charité compatissante ne vous sollicite-t-elle pas à épargner une portion de vos biens, pour assister les indigents, qui sont vos freres ? Celui qui ferme l'oreille aux cris des malheureux, criera à son tour, & ne sera point écouté.

23. Le pauvre espere en vous ; si vous frustrez son attente, à quel titre pouvez-vous espérer en la bonté de Dieu ? Assister les pauvres, c'est prêter à usure au Seigneur.

24. Si la commisération pour les malheureux est recommandée en tous temps, les ministres de la religion doivent y insister particuliérement dans ces jours de piété & de salut ; afin de couvrir nos péchés par la surabondance de nos bonnes œuvres. La charité est autant au-dessus du jeûne, que la loi de Dieu est au-dessus de celle des hommes.

25. La charité tient lieu de peres aux orphelins, d'enfants aux vieillards, de membres aux estropiés ; elle conseille les simples, protege les foi-

bles, console les affligés; elle fournit des aliments aux indigents, des médicaments aux malades, des hospices aux étrangers. Mais la charité doit être éclairée, pour atteindre au but qu'elle se propose; les aumônes prodiguées sans discernement, ne servent qu'à fomenter la fainéantise.

26. La sensibilité s'établit dans le cœur du juste, & ne fait que passer dans les entrailles du méchant. *Celui qui cache son bled, sera maudit des peuples.* Ainsi l'a prononcé le Sage par excellence.

27. (*Le Jeudi Saint*). La plupart des souverains, suivant un usage antique & respectable, lavent en ce jour les pieds à douze pauvres; pour montrer que nous sommes tous originairement égaux, & qu'il n'est point de service que l'homme ne doive rendre à l'homme.

28. Vouloir être inhumé dans l'église même, c'est pousser la vanité jusqu'au-delà du trépas. Animal orgueilleux, faut-il que ton vil cadavre infecte encore la maison du Seigneur?

29. La cérémonie du feu nouveau, qui se fait le Samedi saint dans les églises, ne doit pas seulement rappeller aux fideles l'état des premiers hommes : mais elle doit encore les avertir de rallumer leur zele pour le service de Dieu.

30. Puissions-nous faire voir, en ce jour, que nous sommes vraiment morts au péché, pour revivre à la grace & à la justice?

31. *Dites-nous, pontifes, que fait l'or dans les temples?* Voilà en quels termes S. Bernard d'après Juvenal, apostrophoit les papes & les évêques de son temps, dont plusieurs avoient été ses disciples. Ainsi le luxe, qui a sa racine au pied du trône, avoit commencé dès-lors à étendre ses rameaux jusques sur l'autel; & quels progrès n'a-t-il pas faits depuis? On devroit faire attention, dit Mistris Rachel, que le luxe des temples est le nécessaire des hôpitaux.

(a) *Dicite, Pontifices, in sancto quid facit aurum?*

JUV.

AVRIL.

1. Si l'on ôte au travail une quarantaine de jours par an, qu'en résulte-t-il naturellement ? Que les pauvres s'appauvrissent de plus en plus, & que la charité des riches a moins de ressources pour les assister. Savants Bénédictins, dites-nous, par qui la plus grande partie de vos fêtes a-t-elle été instituée ? Est-ce par des apôtres laborieux, ou par des pontifes opulents ?

2. Les fêtes ne sont pas seulement des jours de relâche & d'oisiveté ; ce sont encore des jours de luxe & de dépense. Voyez les ouvriers des capitales, dont tous les autres aiment à prendre le ton : chaque fête a son lendemain, où les bras sont encore engourdis de l'inertie, & trop souvent de la crapule de la veille.

3. *St. Macaire d'Alexandrie.* L'église Romaine célebre, en ce jour, la mémoire d'un saint de qui on rapporte un trait bien remarquable de sévérité religieuse. Un soli-

taire laborieux ayant amaſſé cent écus par ſon travail, il les fit enterrer à côté du mort; *que ſon argent*, dit-il, *périſſe avec lui* Il ne paroît pas que ce ſaint ait eu beaucoup d'imitateurs.

4. Les moines rentés poſſédent les héritages des familles nobles; les moines mendiants ſucent la ſubſtance des pauvres familles.

5. Comment peut-on mettre dans la tête de tant de jeunes gens, de renoncer à leur patrimoine, pour courir tout le reſte de leur vie après le bien d'autrui ?

6. Parce qu'on a couvert telles ou telles inſtitutions du manteau de la religion, cela doit-il nous empêcher d'examiner ſi elles ont été bien ou mal combinées, & de dire ce qu'il nous en ſemble ?

7. On fait jurer à un monarque de ne point aliéner les domaines de ſa couronne; & on lie les moines par des vœux de pauvreté; les moines auroient mieux obſervé leurs vœux, ſi les Rois avoient mieux gardé leur ferment. Sir Thomas, vous qui avez

tenu tant de notes de vos voyages, avez-vous compté le nombre des couvents de Paris qui prennent le titre de monasteres royaux ?

8. Un de nos papistes, de l'église de Philadelphie, disoit à son curé, j'ai deux filles, l'une me demande par grace de la mettre au couvent en France ou en Espagne, dois-je le lui accorder ? Peut-être. L'autre me demande, avec instance, de la marier, dois-je le faire ? Oui, sans doute, répondit le pasteur.

9. Les loix de la nature sont les seules indélébiles & imprescriptibles ; aussi voit-on qu'elle les défend toujours plus ou moins, qu'elle les venge de temps en temps, & qu'elle rentre tôt ou tard dans tous ses droits.

10. Le zele a inspiré les vœux monastiques, & l'église Romaine les autorise ; les couvents bien réglés sont regardés comme des asyles contre les vices du siecle. Cela peut être vrai dans la premiere ferveur de leur institut, dit Sir Thomas, mais que cette ferveur passe vîte !

11. Mistris Rachel dit que l'enfance

eſt le noviciat de la vie humaine, comme la vie religieuſe eſt le noviciat de l'éternité. Le premier noviciat ne finit qu'à la majorité de l'homme ; & il paroîtroit abſurde, dans notre hémiſphere, d'en commencer un ſecond que ce premier ne ſoit achevé.

12. On n'eſt pas obligé, diſent les partiſans de la cour Romaine, d'attendre la majorité pour ſe marier ; pourquoi ſeroit-on obligé de l'attendre, pour ſe faire moine ? Nous avons à répondre à cela, que le mariage étant dans l'ordre de la nature, & le commun des hommes y étant appellé, les premieres lueurs de la raiſon ſuffiſent pour y déterminer ; mais il faut y avoir mûrement réfléchi, & s'être bien éprouvé ſoi-même, pour y renoncer à jamais, ſans crainte de remords.

13. Aux iſles Maldives, les peres marient leurs filles fort jeunes, *parce que c'eſt*, diſent-ils, *un grand péché qne de leur laiſſer endurer la néceſſité d'hommes.* Rendroit-on un grand ſervice à ces prétendus barbares, ſi on envoyoit chez eux des miſſionnaires pour perſuader à leurs filles

les, que c'eſt, au contraire, une grande vertu *d'endurer la néceſſité d'hommes ?* Qu'en penſez-vous, Miſtris Rachel ? Et ſi on parvient à perſuader cela à ces jeunes perſonnes, faudra-t-il les empriſonner auſſi-tôt pour le reſte de leurs jours, de peur que quelqu'un ne vienne à leur prêcher une autre doctrine ? Qu'en penſez-vous, Sir Thomas ?

14. Dieu lui-même a ordonné le mariage, & a beni les époux. *Il n'a pas trouvé bon que l'homme fût ſeul.* Plus l'homme & la femme s'attacheront l'un à l'autre, & plus l'un & l'autre ſeront heureux.

15. Mais comment veut-on que les époux s'attachent bien l'un à l'autre, quand on les apparie mal ? Si l'on eſt plus occupé d'aſſortir les fortunes que les perſonnes, on verra de très-mauvais ménages dans les meilleures maiſons.

16. Le mariage eſt une union intime & durable, formée par le conſentement libre & réfléchi des parties. La vie de chaque individu étant renfermée dans un cercle étroit, le

mariage a été institué pour conserver l'espece humaine.

17. Les enfants de famille ne doivent point se marier sans l'avis de leurs parents. La jeunesse est trop souvent aveuglée par ses premieres passions. Les parents ne doivent point forcer l'inclination de leurs fils & filles ; il y va du bonheur ou du malheur de toute leur vie.

18. La génération des enfants est le fruit du mariage : le pere & la mere se voyant, en quelque sorte, renaître en eux, jouissent d'un plaisir ineffable, & aussi pur que délicieux.

19. Autant vaudroit, pour l'enfant, n'être pas né, que d'être abandonné à lui-même en naissant ; mais, ô Dieu, que votre providence est admirable ! Le lait au sein de la mere n'est pas plus naturel que cette tendresse maternelle, qui, s'épanchant doucement sur les levres du nouveau né, l'en abreuve à longs traits.

20. La femme qui ne nourrit pas elle-même l'enfant qu'elle a mis au monde, n'est mere qu'à demi. La femme qui délaisse son propre enfant pour nour-

rir celui d'autrui, eſt une maratre. Voilà au moins comment nous penſons en Amérique.

21. La mere de famille doit donner elle-même les premiers ſoins & les premieres inſtructions à ſes enfants ; & le pere doit mettre lui-même la derniere main à l'éducation.

22. Fournir aux enfants une bonne nourriture, & les mettre en état de s'en procurer eux-mêmes par la ſuite: voilà les deux points eſſentiels de l'éducation corporelle. Initier de bonne heure les enfants à la connoiſſance de la vérité & à la pratique de la vertu, & les y affermir de jour en jour par de ſages conſeils & de bons exemples : voilà en quoi conſiſte eſſentiellement l'éducation ſpirituelle.

23. Elever votre enfant dans l'oiſiveté, & vouloir qu'il ne s'adonne pas au vice, c'eſt jetter une balle en l'air, & ne vouloir pas qu'elle retombe. Vous pourrez la retenir de volée à pluſieurs repriſes ; mais elle vous échappera à la fin, dit Miſtris Rachel.

24. Les paſſions ſont à l'homme ce

que les vents ſont au vaiſſeau. Il faut ménager leur énergie, & ſe défendre de leur impétuoſité Il en eſt cependant une à laquelle on ne ſauroit donner trop d'eſſor, dit Miſtris Rachel, c'eſt l'amour de la patrie.

25. Le législateur des Hébreux crut devoir mettre des bornes à la profuſion des donations pieuſes. Un ſage gouvernement vient d'en rafraîchir le ſouvenir dans l'eſprit du clergé des Deux-Siciles.

26. Si un particulier ne peut affecter ſon bien à ſa famille à perpétuité, comment lui eſt-il permis d'en fruſtrer ſes enfants, ſans eſpoir de retour? C'eſt ce qu'un Américain ne ſauroit concevoir.

27. Peut-on dire qu'on aime le bien, quand on ne veut pas laiſſer diſcuter le bien & le mal? Les préjugés redoutent l'examen, parce que la lumiere aſſure le triomphe de la vérité.

28. Qu'eſt-ce qu'un préjugé? C'eſt une opinion que l'on a adoptée ſans examen. Les Européens ſont remplis de préjugés, qu'ils portent dans la beſace d'Eſope.

29. Comme la nobleſſe de France eſt de tous les ordres de l'état celui qui a le plus dédaigné une fauſſe ſcience, c'eſt, peut-être, auſſi pour cela même celui qui eſt le moins éloigné d'atteindre à la véritable.

30. Se rendre utile à la ſociété générale, c'eſt le plus délicieux des plaiſirs auxquels une créature raiſonnable puiſſe atteindre dans ce monde. L'hiſtoire naturelle eſt fort à la mode aujourd'hui; mais pour rendre ce goût univerſellement plus utile, je voudrois que l'on tînt compte, premiérement, des productions les plus communes de chaque pays, & qui font ſa force ou ſa richeſſe; ſoit que la nature les donne d'elle-même; ſoit qu'elle ait beſoin d'y être ſollicitée par l'art; que l'on nous dît ſpécialement quels animaux on y éleve, quels grains l'on y ſeme, quelles carrieres l'on y exploite; ſi quelque choſe y nuit à la pureté de l'air, ou des eaux; contre quels animaux, quels reptiles, ou quels inſectes, on eſt obligé de ſe défendre; quelles ſortes d'herbes on a le plus de peine à extirper; que l'on nous dît enſuite ce qui s'y trouve moins communément, & qui paroît méri-

ter d'y être multiplié ; & d'autre part, quelles substances de chacun des trois regnes de la nature, prenant plus d'accroissement dans certaines années que dans les autres, peuvent occasionner de temps en temps des disettes, des épidémies, ou autres calamités publiques ; enfin, qu'on ne négligeât point de rémarquer les productions singulieres, ou nouvelles, soit provenantes naturellement de quelque exposition particuliere du sol, soit importées d'ailleurs par hasard, ou à dessein d'en faire l'essai. Sir Thomas, vous seriez tenté de traiter tout cela de rêveries ; mais qu'importe, si j'en puis faire rêver d'autres. Il est vrai que chacun a sa maniere de rêver, & que celle qui regne uniquement sur l'utilité publique, n'a pas encore pris tout-à-fait le dessus ; mais la mode en viendra peut-être.

31. *Si vous étiez dans le service*, dit le docteur Franklin, *voudriez-vous qu'un bon maître vous surprit à ne rien faire ? Si donc vous êtes votre propre maître, rougissez de perdre votre temps, quand vous avez tant à faire pour vous, pour votre famille, pour votre patrie, pour l'humanité.*

MAI.

1. Les nations en corps ne ſont pas moins ſoumiſes que les hommes en particulier aux loix de la juſtice éternelle. En faiſant du mal aux Mexicains & aux Péruviens, combien les Eſpagnols ne s'en ſont-ils pas fait à eux-mêmes ? Ah ! s'ils avoient ſu profiter d'une circonſtance unique pour s'attacher les Américains par des bienfaits, quelle moiſſon de biens n'auroient-ils pas recueillie, pour peu qu'ils euſſent ſemé de cette précieuſe graine dans un fonds ſi riche & ſi neuf ?

2. Les rois, non plus que les ſujets, ne ſeront pas impunément méchants; ils doivent ſe tenir pour bien aſſurés que Dieu, notre commun maître, n'eſt ni injuſte, ni impuiſſant.

3. Dans les forêts, les grands arbres s'élevent à meſure qu'ils en étouffent davantage de petits. Dans la ſociété politique, plus il y a de petits hommes écraſés, plus les grands ſe trouvent rabattus. Le deſpote

forcené, qui souhaitoit que tout son peuple n'eut qu'une seule tête, pour pouvoir l'abbatre d'un coup, seroit tombé de ce même coup à la place du dernier de ce peuple, ou même plus bas encore.

4. *Ste. Monique.* Un reproche injurieux corrigea Ste Monique d'une habitude vicieuse. L'insensé néglige les conseils de ses amis, & le sage profite des reproches de ses ennemis.

5. Dans mon enfance, je me disois : si j'étois roi, que je me ferois bien obéir ! Dans ma jeunesse, je me disois : si j'étois roi, je bannirois tous les flatteurs de ma cour, je ne mettrois que d'honnêtes gens en place, & je rendrois mon peuple heureux. Dans mon âge mûr, je me disois : si j'étois roi, je ne serois pas assuré d'un seul ami ; tous auroient la même apparence, & il me seroit impossible d'en faire un juste discernement. Dans ma vieillesse, je me dis : si j'avois été roi, que j'aurois de comptes à rendre !

6. Un puissant monarque, au lit de la mort, confia à son héritier qu'il avoit trop aimé la guerre. Celui-ci

a appris aux ſiens que, pour peu que l'on aime la guerre, c'eſt toujours trop. La paix eſt la fille cherie de la divinité ; puiſſe cette vierge ſainte ſe rapprocher bientôt de nous, pour ne nous plus quitter.

7. Le projet de paix perpétuelle attribué à Henri IV, n'étoit pas bien conçu ; puiſque la guerre, & même une guerre injuſte, étoit l'inſtrument qu'on vouloit faire ſervir à établir cette paix.

8. (*St. Pierre de Tarentaiſe.*) Le bon évêque que l'égliſe Romaine honore en ce jour, ne ſe regardant que comme l'adminiſtrateur du bien des pauvres, vivoit d'un pain groſſier & des légumes de la marmite qu'il faiſoit mettre pour eux. Tous les évêques ne doivent pas ſe réduire à un ſi chetif ordinainaire ; mais tous doivent reconnoître que la frugalité ſeconde merveilleuſement l'eſprit de charité.

9. Sir Thomas, faut-il placer l'émulation au rang des paſſions, ou au rang des vertus ? Elle s'éleve de l'un à l'autre. La noble émulation, dont tous nos concitoyens ſont animés pour la défenſe de la patrie, m'eſt

un plus sûr garant de sa liberté, que ne seroit toute la puissance réunie de la France & de l'Autriche.

10. Fréquentez le sage, & vous le deviendrez vous-même ; il vous prendra entre ses bras, & vous élevera au-dessus de sa tête, pour vous faire tirer le feu du ciel. C'est presque à la lettre ce qui est arrivé, il y a vingt-cinq ans aujourd'hui. Interrogez sur cela les physiciens.

11. Des consuls Romains descendant d'un char de triomphe, rentroient dans leurs sillons, pour reprendre la charrue. De nobles Espagnols suspendent leur épée au premier arbre du champ qu'ils ont à labourer, & la reprennent en quittant leur charrue. Les empereurs Chinois croient devoir donner eux-mêmes l'exemple à tous les sujets de labourer la terre. Le jeune roi qui est parvenu au trône de France, il y a aujourd'hui trois ans, a tracé, de ses augustes mains, cette même leçon à tout son peuple. Malgré tout cela, dit Sir Thomas, je ne répondrois pas qu'il ne se trouve encore, en quelques cités, de petits bourgeois qui jugent fort au-dessous d'eux tous les travaux champêtres.

12. Un homme d'état, dont la mémoire eſt & ſera toujours en vénération, prétendoit qu'il y avoit, de ſon temps, en France, trop peu de laboureurs, de pêcheurs & d'artiſans, aſſez de marchands & de gens de guerre, trop de gens d'égliſe, & de gens de loi, & beaucoup trop de financiers & de moines. Depuis ce temps, le nombre de gens de robe eſt fort peu, ou point diminué, celui des couvents preſque doublé, celui des financiers & des gens de guerre au moins quadruplé, en moins de deux cent ans. Mais que Sully ſeroit content, s'il renaiſſoit aujourd'hui en Penſylvanie !

13. *Les regards d'un bon roi diſſipent le mal, comme le ſoleil diſſipe les nuages.* A bon entendeur ſalut, dit Sir Thomas.

14. *Tout bon François devroit porter en ce jour des habits de deuil.* Un grand & digne roi, qui avoit fait la guerre par néceſſité & avec gloire, & qui, après avoir vaincu & pardonné à tous ſes ennemis, maintenoit ſes ſujets dans une paix profonde, & travailloit ſans relâche à leur bonheur, fut aſſaſſiné le 14 mai 1610.

15. Jupiter, roi de Crete, n'avoit pas mieux mérité que Henri IV, roi de France, le titre de très-bon, & très-grand. La ſuperſtition a fait un dieu de l'un, & le fanatiſme a traité l'autre comme un monſtre.

16. Ce bon Henri avoit été élevé dans une honnête ſimplicité, & mépriſa conſtamment le faſte. La poſtérité ſe rappellera toujours avec attendriſſement *ſon pourpoint percé au coude.*

17. La famille de ce digne roi eſt benie de Dieu & des hommes. Elle occupe actuellement trois des plus beaux trônes de l'univers, & fera conſtamment le bonheur de trois grands peuples.

18. Les apôtres ayant reçu le St. Eſprit en ce jour, parloient diverſes langues; *ſoit*, dit M. de Sacy, *que les apôtres parlaſſent toutes les langues de ceux qui les écoutoient, ou que chaque apôtre ne parlant qu'une ſeule langue, fût entendu de toute ſorte d'étrangers.*

19. Il eſt à Paris un homme apoſtolique, qui ſemble rempli de ce même eſprit

esprit divin. On peut voir tous les jours cinq ou six muets de naissance écrire un même discours, chacun en différente langue, sous une seule & même dictée de cet admirable instituteur.

20. Le grand pape que l'église Romaine honore en ce jour, écrivoit à la reine Brunehaut en des termes qu'il est étonnant qui n'aient pas fait plus d'honneur à la mémoire de l'une, ou plus de tort à la mémoire de l'autre.

21. Brunehaut avoit de grandes & belles qualités; on exagera ses forfaits, parce qu'elle avoit heurté l'opinion publique de son temps : *Opinione regina del mondo.*

22. Dans une monarchie pure & simple, où le prince est le seul en qui réside, ou de qui émane toute l'autorité, si ses idées sont fausses, ou confuses, tant pis pour l'état; si elles sont trop opposées à l'opinion nationale, tant pis pour lui-même.

23. Dans la religion, comme dans la politique, les premieres loix étoient simples, & on les a toujours com-

pliquées de plus en plus. Miſtris Rachel regarde ces premieres loix comme le régime de l'état de ſanté, & les ſuivantes comme des remedes aux maladies populaires.

24. Il en eſt de la plupart des rois, comme de beaucoup de peres de famille, qui ſe laiſſent gouverner par leur femme, leurs enfants, ou leurs domeſtiques, & qui ne s'en doutent pas, parce qu'on leur laiſſe dire : *je veux*, & qu'on ne leur répond jamais que *vous avez raiſon*.

25. *La Trinité.* Les cieux annoncent la gloire de Dieu, & les théologiens expliquent ſa nature. Voici en deux vers le réſumé de leurs cahiers, ſur le myſtere de ce jour :

La puiſſance, l'amour avec l'intelligence,
Unis & diviſés, compoſent ſon eſſence.

26. Si l'édit de Nantes n'étoit pas révoqué, le roi de France le révoqueroit-il aujourd'hui? Perſécuteroit-on nos freres errants ? *Faudroit-il faire de la religion de l'agneau une religion de loups?* A Dieu ne plaiſe, mais ſous un bon & ſage roi, ſes ſujets de

telle profession que ce soit, borgnes, louches, aveugles, ou clairvoyants, n'ont pas besoin d'autres places de sûreté que son cœur paternel.

27. Les dogmes sont pour l'esprit humain, & la morale pour le cœur. Ne croyant pas possible de réunir tous les esprits dans les mêmes dogmes, Guillaume Penn a taché d'unir tous les cœurs par la morale, qui est partout, & sera toujours la même chez tous les peuples.

28. Le précepte qui ordonne de *ne pas faire à autrui ce que nous ne voudrions pas qui nous fût fait*, n'est qu'un précepte négatif; il eût été mieux de dire : *faites à autrui ce que vous voudriez qui vous fût fait.* Le précepte du législateur des Guebres est plus sublime encore : *Quand tu manges*, dit-il, *donne à manger aux chiens, dussent-ils te mordre.* On sait que les Orientaux ne s'expriment que par des comparaisons ou des paraboles.

29. Dans les premiers âges du monde, où le culte divin étoit très-simple, chaque pere de famille étoit pontife & roi chez lui. Les Quakers ont

rappelé cet ufage. En Italie, on prétend que la qualité de pontife eft incompatible avec celle de pere de famille.

30. Les magiciens pullulent de toutes parts dans les pays & les fiecles de fuperftition, & d'ignorance, comme les chardons couvrent une terre inculte, dit Miftris Rachel.

31. Miftris Rachel prétend que les bûchers ardents attirent les forciers, comme l'aimant attire le fer, ou comme le papillon vole à la chandelle. Pourquoi ne fe trouve-t-il pas un feul forcier dans l'Amérique unie ? Parce qu'on ne s'y eft jamais avifé de les brûler.

JUIN.

1. Nous n'avons pas fait tout ce que nous voyons autour de nous ; à peine connoiſſons-nous ce dont nous jouiſſons. Eh, nous connoiſſons-nous beaucoup mieux nous-mêmes ! nous ne pouvons nous rendre raiſon, ni de notre organiſation corporelle, ni dans nos facultés intellectuelles ; nous pouvons encore moins concevoir le lien qui les aſſemble. Nous ne nous ſommes donc pas faits nous-mêmes ; nous tenons, ſans doute, notre exiſtence d'un être fort ſupérieur ; cet Être ſuprême, je l'appelle Dieu.

2. Que les loix de la nature ſont ſimples, & que de grandeur dans cette ſimplicité ! Dieu a pourvu à notre conſervation, en nous rendant notre exiſtence agréable, & en nous donnant des facultés & nous fourniſſant des moyens propres à l'entretenir : en quoi ſa ſageſſe & ſa bonté n'eclatent pas moins que ſa puiſſance.

3. Nous devons tout à Dieu. Nos devoirs envers lui n'ont d'autres bornes que celles qu'il lui a plu de mettre à notre nature, aux forces de notre corps, & aux facultés de de notre ame.

4. Nous avons, par la grace de Dieu, un droit direct & inaliénable à notre propre conservation. Nous avons un droit incontestable à l'exercice des facultés, dont le créateur suprême nous a doués, & à l'usage des moyens qu'il nous a fournis de pourvoir à notre subsistance.

5. Diverses peines ont été instituées par notre divin créateur, pour nous avertir de nos divers besoins. Et réciproquement tous nos différents devoirs acquittés, sont autant de sources de nouveaux plaisirs pour nous. Dieu soit loué de tout, en tout, & par tout.

6. La soif nous avertit du desséchement de nos parties organiques; la faim nous avertit d'une déperdition de molécules de notre substance; la douleur, proprement dite, nous avertit du danger de la rupture du tissu de nos fibres; & l'anxiété

nous avertit d'un obſtacle au cours de nos liqueurs. Sir Thomas, arrêtons-nous un peu ſur ce mot d'anxiété, qui n'eſt pas d'un uſage bien commun. Ne vous eſt-il pas quelquefois arrivé, après avoir tenu trop long-temps vos pieds immobiles dans une même place, d'éprouver ce qu'on appelle des inquiétudes, parce que les liqueurs en circulation avoient plus de peine à remonter dans vos jambes? Eh bien, ces inquiétudes ſont une eſpece d'anxiété légere, & dont le remede eſt tout ſimple. L'agonie eſt une autre eſpece d'anxiété terrible, & irrémédiable, laquelle provient de la glutination du ſang & de l'atonie du cœur. On parle ſouvent de douleur mortelle, c'eſt une des choſes du monde les plus rares. L'anxiété tire bien plus à conſéquence, au jugement de tous les médecins.

7. De puſillanimes Indiens ſuccombent à la violence de la douleur; des Anglois atrabilaires s'arrachent à l'extrême anxiété. L'Américain réunit aſſez de patience, avec aſſez de courage pour ſoutenir impertubablement l'une & l'autre épreuve, tant qu'elles ſont phyſiquement ſoutenables.

8. Averti par la faim, on mange avec plaiſir ; quand le beſoin eſt entiérement ſatisfait, ce plaiſir ceſſe, & les aliments dégoûtent bientôt.

9. Le gourmand tache de ſe provoquer un nouvel appétit par la diverſité des mets, & ſon intempérance dérange ſa ſanté plus tôt ou plus tard. Les effets ſalutaires de la tempérance & de la ſobriété ſont, de l'aveu même d'Hippocrate, ce qu'il y a de plus certain en médecine. Les légumes ſont plus faciles à digérer que le veau gras.

10. L'attrait d'un ſexe pour l'autre eſt également dans l'ordre de la nature, & a un but qui n'eſt pas moins légitime. Malheureux celui qui paſſe le but qu'a poſé la nature.

11. Les exercices du corps fortifient le corps ; les exercices de l'eſprit fortifient l'eſprit. Les parties que l'on exerce le plus ſont conſtamment celles qui acquerent le plus de force : le bras du forgeron, les pieds du meſſager, &c. L'exercice eſt utile même aux êtres inanimés. Une clef ſe rouille faute de ſervir ; l'eau ſe corrompt, lorſqu'elle croupit. Le

mouvement, dit Miſtris Rachel, eſt l'ame de toute la nature.

12. Qui dit s'exercer ne dit pas s'excéder : Miſtris Rachel aſſure que tout excès eſt nuiſible au phyſique, & repréhenſible au moral.

13. Le ſceau adorable de l'inſtitution divine a attaché notre bonheur à la pratique de nos devoirs, & à l'exercice de nos droits. Ne pas faire uſage des moyens qui nous ont été donnés pour notre conſervation, ce ſeroit tout-à-la-fois manquer à notre devoir & négliger notre droit, joindre la folie au forfait, & nous rendre indignes de vivre.

14. La vérité eſt unique, & ſa lumiere eſt pure. Les erreurs ſont ſans nombre, & toujours nébuleuſes.

15. Le préjugé, faſcinant les yeux par de vains fantômes, a ſouvent ſubſtitué l'erreur à la ſcience, la fierté à l'honneur, & la ſuperſtition à la piété.

16. Le véritable honneur n'eſt autre choſe que la généreuſe réſolution de faire en toute occurrence ce qui

peut distinguer avantageusement du commun des hommes. L'honneur affecte les hommes de tous les états ; celui qui ne desire pas de s'élever au-dessus de sa sphere, desire au moins de s'attirer de la considération entre ses égaux. Un Américain met tout son honneur à se dévouer à propos pour le service de sa patrie, & la cause de la liberté. Les sacrifices que l'esprit de patriotisme a fait faire depuis un ou deux ans à une multitude innombrable de nos concitoyens, surpassent tout ce que l'histoire ancienne nous a transmis en ce genre.

17. La modestie est comme une ombre dans la peinture, elle nuit aux yeux du stupide vulgaire ; mais les connoisseurs en tiennent bon compte. Lorsqu'une grande modestie est jointe à un grand mérite, dit Mistris Rachel, celui-ci perce tôt ou tard, & le public lui paie alors, par son enthousiasme, les arrérages de sa reconnoissance.

18. Nos peres & meres tiennent vis-à-vis de nous la place de Dieu. L'enfant qui honore son pere & sa mere, sera honoré à son tour. Un grand

homme a prédit que *les corbeaux arracheront les yeux de la tête à celui qui méconnoît ſon pere ou ſa mere.*

19. La maxime Italienne, *un poco di bene, un poco di male*, n'eſt pas faite pour des Américains. Notre principe eſt que, ſi on ne peut faire tout le bien que l'on voudroit, au moins faut-il ne faire que du bien.

20. S'aider mutuellement au beſoin, & ſur-tout ne ſe nuire jamais les uns aux autres ; voilà la ſomme du droit naturel.

21. Le droit des gens eſt préciſément la loi de la nature, dans toute ſa pureté, & ſans aucunes modifications conventionelles.

22. Le droit civil n'eſt, ou ne doit être que le développement du droit naturel. Ainſi la loi naturelle condamne le meurtre ; & les loix poſitives en déterminent la punition.

23. Les devoirs & les droits réciproques de nation à nation ſont exactement les mêmes que de famille à famille, ou d'homme à homme. Voilà le principe fondamental de toute ſaine politique.

24. En politique, comme en phyſique, on a perdu beaucoup de temps à forger des ſyſtêmes. On commence enfin à reconnoître qu'on ne peut marcher avec aſſurance qu'en ſuivant, pas à pas, la marche de la nature ; on commence à reconnoître que les choſes ſimples n'ont pas beſoin d'être analyſées, & ne ſauroient même l'être.

25. Il en eſt des grands écrivains comme des grands architectes. La beauté d'un édifice abſorbe trop ſouvent l'attention qu'on devroit donner à ſa ſolidité. Ecoutons une grande princeſſe : *les machines les plus parfaites, ſont celles où l'on emploie le moins de mouvements, de forces & de rouages*. Cette regle de la méchanique peut très-bien s'appliquer aux gouvernements. Les plus ſimples ſont conſtamment les meilleures.

26. La négligence ouvre la porte aux abus, la cupidité les introduit, l'ignorance les accueille, le temps les affermit ; des particuliers en profitent, la multitude en ſouffre, la prévention les reſpecte, la prudence les tolere ; le zele y cherche du remede, la ſcience le trouve, la précipitation aigrit le mal, & la ſageſſe le guérit.

Quel-

27. Quelqu'un a comparé les abus à ces grains qui tallent d'autant plus qu'on les coupe de plus près. Il faut, sans doute, se résigner à souffrir des abus, lorsqu'on n'est pas assuré de pouvoir faire mieux. Mais, dit Mistris Rachel, quand on a une regle, ou un cordeau, on peut redresser des sentiers tortueux, sans craindre de se tromper dans ses nouveaux alignements.

28. Puisse le bon monarque, qu'il est inutile de nommer, ne jamais oublier cette importante maxime de Montesquieu, *que la cour est l'ennemie née du royaume*. Que l'une est insatiable, & que l'autre n'est pas inépuisable.

29. *St. Pierre.* Le clergé Romain interdit le travail en ce jour, en commémoration de St. Pierre & de St. Paul; comme si c'étoit la meilleure maniere d'honorer des apôtres qui connoissoient parfaitement le mérite du travail, & qui ne vivoient que du leur.

30. Pierre & Paul pouvoient dire comme leur divin maître: *Les oiseaux ont des nids, & les renards ont des tanieres; mais nous n'avons*

pas où reposer notre tête. Leurs successeurs ne sont plus si pauvres ; mais ils conservent toujours l'esprit de pauvreté, & prêchent toujours le mépris des richesses. C'est un témoignage que Mistris Rachel leur rend bien volontiers.

JUILLET.

1. Sir Thomas, dites-nous, vous qui avez tant voyagé, sommes-nous plus foulés de taxes que les autres peuples ? Oui, & Non ; de quel peuple voulez-vous parler ? car les taxes sont plus fortes en Angleterre qu'en France, & beaucoup plus fortes en France qu'en Suisse, ou en Turquie.

2. Regle générale, dit Mistris Rachel : plus la forme du gouvernement est simple, moins les peuples sont chargés d'impôts. A mesure que vous verrez les ressorts de l'administration d'un état, soit monarchique, soit républicain, se compliquer, vous verrez les impôts s'accroître, presque dans la même progression. Des taxes modiques suffisent à tous les besoins du gouvernement, quand les deniers publics ne passent point par beaucoup de mains.

3. Les taxes que le gouvernement nous impose sont véritablement bien pesantes ; mais notre paresse les re-

double, notre vanité les triple, & notre folie les quadruple ; au lieu que nous pourrions en alléger beaucoup le fardeau par notre sagesse, notre frugalité & notre application au travail.

4. Il y a aujourd'hui un an qu'il s'est formé en Amérique un nouvel état, qui s'est tout-à-coup élevé au niveau des plus anciens. Toute l'Europe en paroît étonnée. Mistris Rachel ne l'est point ; elle dit que quand on met le feu à un faisceau de bois verd, on doit s'attendre à voir une flamme pure succéder tout-à-coup à la plus épaisse fumée.

5. J'ai tiré l'horoscope de cet état nouveau. Il se soutiendra, & se fortifiera de jour en jour ; parce qu'il est fondé sur l'agriculture, & gouverné par les mœurs ; parce que chaque pere de famille peut s'y dire pontife & roi chez lui ; parce que tous y connoissent leurs droits, & que chacun respecte ceux d'autrui ; parce qu'on peut y annoncer toute vérité, & fronder tout préjugé, sans s'exposer à la persécution. Je vais plus loin : j'ose prédire que cette révolution fera une époque des plus mémo-

rables dans l'hiſtoire ; parce qu'elle va donner une telle impulſion à tous les eſprits, tant en deçà qu'au-delà de l'Océan, que la face même de l'ancien monde en ſera en quelque ſorte renouvellée.

6. Le congrès continental ſubſiſte depuis plus de trois ans, & a pris les délibérations les plus importantes avec la plus parfaite unanimité au dedans, & le plus inviolable ſecret au dehors. O, ma chere patrie, que cela eſt de bon augure ! Le congrès de Philadelphie ne connoît ni paſſion qui offuſque, ni vice qui déchire, ni folie qui divulgue. Que le parlement de Londres en diſe autant. Entre une infinité de lignes courbes, il n'en eſt qu'une ſeule droite, que la raiſon indique clairement, & que la vertu ſuit conſtamment. Voilà, dit Miſtris Rachel, tout le ſecret des ſages, & ce ſecret ne leur peſe point.

7. Tout ce que j'appréhende pour ma chere patrie, c'eſt une certaine maladie épidémique qui a déſolé tous les états de l'Europe ; c'eſt la manie de partager une grande ſociété en quantité d'aſſociations particulie-

res. Toutes ces corporations diverses qui se forment dans le sein d'une nation, & qui y fermentent continuellement, commencent par l'échauffer, & finissent par la déchirer. Les membres du clergé, de la noblesse, de la magistrature, &c. s'attachant particuliérement chacun à leur corps, s'isolent & se détachent à proportion de tout le reste. L'esprit de corps étouffe insensiblement l'esprit patriotique, & la plupart des citoyens semblent étrangers les uns aux autres. Graces à Dieu, nos treize colonies ne sont encore infectées d'aucun levain d'une si funeste contagion.

8. L'intolérance, tant civile que religieuse, a bouleversé successivement presque tous les états de l'Europe, & a peuplé l'Amérique à leurs dépens. Un sentiment naturel porte tous les hommes à fuir la contrainte & la misere.

9. Il est si naturel à l'homme de s'attacher à sa patrie, d'affectionner le lieu de sa naissance, l'air même de son pays, les aliments, les mœurs, & les usages de ses proches, qu'on ne peut l'en détacher qu'à force de

mauvais traitements, d'injustices, & d'indignités. L'homme sage se tient où il est bien, & le moins sensé y revient tôt ou tard.

10. Les émigrants d'Angleterre ayant trouvé en Amérique une terre neuve & fertile, s'y sont établis & multipliés ; & ils se sont d'autant plus attachés à cette nouvelle patrie, qu'il y jouissent de la liberté dans toute l'étendue du terme.

11. Sir Thomas, qu'est-ce que la liberté civile? C'est la faculté de disposer, à son gré, de tous ses biens naturels & acquis. Voilà toute la liberté qu'ambitionnent ceux qui ne la desirent point pour en abuser.

12. Tous les hommes aiment la liberté ; mais les différents peuples ont pris différentes voies pour se l'assurer. Les uns ont mis leur liberté sous la protection des loix, & les autres sous la protection des rois. Malheureusement, dit Mistris Rachel, les loix se laissent gâter par leurs interpretes, & les rois par leurs courtisans.

13. Le sentiment de la liberté est

moins vif dans les monarchies que dans les républiques ; mais la liberté elle-même est plus resserrée dans la plupart des républiques que dans les monarchies. Un amateur de paradoxes soutient hautement que les laboureurs, dans la Laconie, sont plus libres aujourd'hui sous le despotisme Turc, que les Ilotes, leurs prédécesseurs, ne l'étoient autrefois sous la sauve-garde des loix de Lycurgue. Ce paradoxe, bien examiné, n'est pas aussi absurde qu'il le paroît au premier coup-d'œil.

14. Le citoyen ne trouve nulle part autant d'obstacles à son élévation que dans les démocraties. L'odieuse loi de l'ostracisme n'a jamais été connue qu'à Athenes.

15. Dans l'aristocratie on vante beaucoup sa liberté ; mais ne prend-on pas souvent l'ombre pour le corps ? Le citoyen est, peut-être, moins maître chez soi à Venise qu'à Paris.

16. On a beaucoup trop exalté les anciennes républiques Grecques. Toutes fondées sur différentes combinaisons systêmatiques, il n'est pas étonnant qu'un petit nombre de sie-

cles les ait vues naître & mourir. Mistris Rachel dit que leurs législateurs, comme leurs pilotes, navigeoient sans boussole.

17. Sir Thomas regarde un souverain despotique, comme le soliveau de la fable des Grenouilles; & un sénat aristocratique, comme l'hydre de la même fable.

18. Mistris Rachel regarde le gouvernement politique comme une chambre d'assurance, où tous les citoyens se font garantir leurs droits naturels, moyennant une prime de tant pour cent, ou pour mille. Un bon gouvernement est, dit-elle, celui qui assure solidement tous nos droits pour une prime modique.

19. Le gouvernement monarchique est celui de tous qui peut le plus aisément concilier la sagesse du conseil avec l'unité du dessein, & la promptitude de l'exécution. Aussi l'expérience a-t-elle invariablement démontré que la monarchie pure & simple est la seule forme de gouvernement qui puisse maintenir un vaste état long-temps florissant, & rendre un grand peuple constamment

heureux, en réunissant toutes les forces, tous les intérêts & tous les desseins, sans violence & sans confusion.

20. L'émulation excite les talents; la contrainte étouffe l'industrie; or, il est également de l'honneur & de l'intérêt d'un roi que tout prospere dans son état. Un juste monarque ne peut donc avoir aucun motif raisonnable pour gêner ses sujets dans leurs personnes, dans leurs opinions, dans leurs discours, dans leurs actions, & dans la recherche de leur bonheur. Pourvu qu'ils paient à l'état une contribution proportionée à leurs moyens, & qu'ils ne fassent de tort à personne, qu'a-t il à desirer de plus? Eh, que lui importe que les uns ouvrent les œufs par le petit bout, & les autres par le gros bout?

21. Sous un bon gouvernement chacun travaille pour tous, en croyant ne travailler que pour soi. Mistris Rachel dit qu'un sage prince fait enter l'intérêt public sur l'intérêt particulier; comme un bon jardinier ente le franc sur le sauvageon.

22. Dans un gouvernement mixte,

comme celui d'Angleterre, la nation n'a pas un ſeul homme ſur qui elle puiſſe entiérement compter ; parce que chacun a des intérêts diſtincts de l'intérêt national.

23. Dans une monarchie pure, le ſouverain n'a point d'autres intérêts que ceux de ſon peuple. Le tout eſt de le bien connoître. Miſtris Rachel dit qu'un bon monarque eſt auſſi peu tenté de vexer ſon peuple, qu'un bon laboureur de mettre le feu à ſa maiſon.

24. La monarchie Chinoiſe eſt le plus ancien gouvernement qu'on connoiſſe dans l'univers ; parce que c'eſt celui de tous où l'on s'eſt le moins écarté de l'ordre de la nature.

25. *St. Jacques & St. Chriſtophe.* Je me ſouviens d'avoir vu, à mon premier voyage de France, de belles peintures repréſentant les douze Sybilles autour du chœur de l'égliſe de St. Séverin ; on les a fait diſparoître ; mais j'ai encore vu, l'année derniere, un grand St. Chriſtophe à l'entrée de l'égliſe de Notre-Dame.

26. Sir Thomas, trouvez-vous quel-

que rapport entre les canonifations des faints, & les apothéofes des empereurs ?

27. Salomon dit que *le pain du menfonge eft doux au goût, mais qu'il laiffe la bouche pleine de gravier.* Sir Thomas ne croit pas même qu'il faille en excepter le pain des menfonges pieux.

28. Toute vraie fcience eft utile; toute erreur funefte, & tout nuage dangereux. Miftris Rachel dit que la vérité eft la fleur de l'arbre de vie, & que la vertu en eft le fruit.

29. La nuit couvre plus de vices que le jour n'en éclaire. Le crime s'éveille au crépufcule, & s'enfuit au lever de l'aurore ; à moins qu'un jour nébuleux ne favorife fa marche infidieufe. La vertu, au contraire, marche hardiment au grand foleil, & craint de fe perdre dans les ténebres. Dans le quinzieme fiecle, on brûloit encore les hérétiques en France ; dans le feizieme, on les rouoit ; dans le dix-feptieme, on confifquoit leurs biens ; dans le dix-huitieme, ils en font quittes pour quel-

quelques vexations sourdes, dont on rougira dans le dix-neuvieme.

30. Le congrès de Philadelphie a défendu l'importation des esclaves dans les treize colonies ; cette résolution sera le boulevard de la liberté Américaine. Il n'est ni sagesse, ni expérience qui puissent rendre durables des institutions qui ne seroient pas fondées sur les loix éternelles de la justice.

31. Ce qui nous faisoit le plus redouter le joug qu'on a voulu nous imposer ici, c'est la persuasion où nous sommes, que l'esclavage traîne toujours le vice à sa suite. Mistris Rachel dit que la liberté & la vertu sont comme la perce-neige & la violette ; quand on voit fleurir l'une, on se flatte de cueillir bientôt l'autre.

AOUST.

1. Une ſeule religion enſeigne une morale ſimple, douce & pure ; toutes les autres ont plus ou moins altéré la morale, défiguré la plupart des vertus, & pallié tels ou tels vices. Tenez donc pour certain, que quiconque intervertit tant ſoit peu l'ordre des vertus & des vices, profeſſe une fauſſe religion, ou falſifie la véritable.

2. Pourquoi les Quakers, qui n'ont jamais paſſé pour dangereux, ont-ils été long-temps perſécutés en Angleterre ? Parce que les Quakers, avec beaucoup de foi, profeſſent très-peu de dogmes ; qu'avec beaucoup de charité, ils obſervent très-peu de rites ; & qu'en ce temps-là, tout prêtre Anglican étoit dreſſé à perſécuter les non-conformiſtes.

3. Miſtris Rachel dit que, ſi elle étoit papeſſe, elle excommunieroit tous les familiers du prétendu St. office de la barbare inquiſition. Elle eſt bien aiſe qu'on tienne l'encenſoir de la main droite, parce qu'elle a été

élevée à l'appeller la belle main ; mais elle ne veut pas qu'on égorge tous ceux qui ont été élevés à le tenir de la main gauche.

4 (*St. Dominique.*) Dans les siecles d'ignorance & de préjugés, tout le monde s'accordoit a encenser St. Dominique. Dans ce siecle de philosophie & de paradoxes, les uns le blâment fortement, & les autres l'excusent foiblement. Répondez nous, ministres intolérans, comptez-vous gagner les cœurs de nos freres errants par vos dragonades? Où quel autre bien espérez-vous de procurer à une religion sainte, si vous ne lui gagnez les cœurs ?

5. Des gens à grands systêmes & petites vues, ne cessent de crier contre les utiles institutions de la monnoie, des auberges, &c. Il faut les laisser déclamer.

6. Sir Thomas, qu'est-ce que la monnoie ? C'est une matiere solide, d'un prix déterminé, & d'un transport facile, qui sert de mesure commune de toutes les valeurs, & de gage assuré de tous les échanges. Ainsi,

la monnoie est une des plus heureuses inventions de la sagesse humaine.

7. Les services, dont les occasions sont rares, & qui ne peuvent s'évaluer, doivent être rendus gratuitement; & celui qui les reçoit, n'en doit jamais perdre le souvenir. Mais il n'en est pas ainsi des services ordinaires, & que l'on peut aisément apprécier; il est juste que ceux-ci soient payés comptant. En donnant six sols de la douzaine de petits pâtés, tout va à souhait, le pâtissier est aussi content de vous, que vous l'êtes de lui.

8. Dans l'enfance des sociétés, plusieurs genres de services ne sembloient pas appréciables, auxquels on a mis par la suite un prix déterminé; & il en a résulté un très-grand bien; c'est que les hommes sont beaucoup moins à charge les uns aux autres.

9. Ainsi, l'hospitalité, qui étoit chez les anciens, & qui est encore chez des peuples à demi-sauvages un acte d'humanité pure, & un lien d'amitié, est devenue chez les peuples policés une entreprise de commerce au grand avantage de chacun. L'é-

tabliſſement des hôtelleries a infiniment facilité les voyages & les communications d'un pays à l'autre. Tout commerce eſt honnête, quand on le fait honnêtement La liberté l'anime, & la fidélité le ſoutient.

10. L'homme le plus opulent, domicilié ſur la grande route de Paris à Rome, qui voudroit donner l'hoſpitalité à tous les paſſants, & leur procurer chez lui autant de commodités qu'ils en peuvent trouver dans les auberges ordinaires, ſe ruineroit bientôt; & les voyageurs n'auroient plus d'aſyle aſſuré.

11. Le prêt à intérêt eſt la cheville ouvriere du commerce, & l'uſure eſt le fléau des commerçants. Gardons-nous donc bien de confondre le prêt a intérêt avec l'uſure. Pour faire le diſcernement d'un bien ſi évident & d'un mal ſi palpable, nous n'avons pas beſoin de feuilleter les écrits volumineux des caſuiſtes.

12. Le concours des vendeurs & des acheteurs maintient le prix des effets commerçables dans de juſtes proportions; comme les eaux ſe maintiennent réciproquement au niveau

dans un baſſin. Eh pourquoi l'argent ne ſeroit-il pas compris dans le nombre des effets commerçables !

13. En Europe, on appelle *principes* des opinions qu'on a reçues ſur parole, & qu'on ne ſe permet jamais d'examiner : en Amérique, on revient inceſſamment ſur ſes premieres opinions, & on ne reconnoît pour principes que celles qui ſe conſolident de plus en plus dans le creuſet de la critique ; comme l'or s'épure dans la fournaiſe.

14. (*St. Alexandre*). L'égliſe Romaine honore aujourd'hui la mémoire d'un charbonnier devenu évêque. C'eſt, peut-être, ce qui a donné occaſion de propoſer pour modele la foi du charbonnier. On conçoit bien que cela ne doit s'entendre que des charbonniers nés dans le pays où ce proverbe eſt répandu.

15. (*L'aſſomption de la Ste. Vierge*). Il n'eſt fait mention dans le nouveau Teſtament, ni de la conception de la ſainte Vierge, ni de ſa nativité, ni de ſa préſentation, ni de ſon aſſomption Toutes ces fêtes ont été inſtituées par les papes pour rechauffer la dévotion des fideles, de-

puis que la sainteté de leurs mœurs a commencé à s'altérer.

16. Mistris Rachel, j'ai intérêt de savoir la vérité d'une chose : un homme me dit qu'elle est ainsi ; un autre m'assure, avec serment, tout le contraire ; lequel en dois-je croire ? Ne comptez pas trop sur le premier ; & défiez-vous absolument du second. Les serments sont la derniere ressource des menteurs, pour tromper les simples.

17. *Ne jurez point ; mais dites simplement : Cela est*, ou *cela n'est pas*. C'est une maxime émanée de Dieu même.

18. On n'a jamais pu engager nos Quakers à jurer ; pas même dans les tribunaux où les loix ordonnent de prendre les témoins à serment. Nos Américains naturels, à qui des barbares Européens ont donné le nom de sauvages, ne juroient point non plus : comment auroient-ils su jurer ? Ils n'avoient pas même encore appris a mentir. Nos Quakers & nos sauvages ont fait ensemble un traité qui n'a été confirmé par aucun serment de part ni d'autre ; & depuis près de cent ans, ce traité

eſt religieuſement obſervé des deux côtés.

19. Miſtris Rachel dit que l'amour de la liberté rend les hommes indomptables & les peuples invincibles.

20. (*St. Bernard*). Le fameux St. Bernard, pour encourager une croiſade, haſarda une prophétie, qui fut fatale à pluſieurs milliers d'honnêtes citoyens. Mais on dit qu'il avoit abandonné de grands biens, & qu'il s'étoit réduit à faire ſouvent ſon potage avec des feuilles de hêtre. Voila le pour & le contre, qu'on laiſſe à balancer au lecteur ſans prévention.

21. Les croiſades furent preſque également funeſtes aux chrétiens & aux muſulmans; mais un peu plus cependant aux premiers qu'aux derniers; & cela paroît aſſez juſte; puiſque ceux-là étoient les aggreſſeurs.

22. La manie des croiſades eſt heureuſement paſſée; mais le faux zele qui les ſuggera, eſt-il entiérement éteint en Europe? N'appelle-t-on pas encore aujourd'hui gens à ſyſtêmes tous ceux qui refuſent de fléchir le genou devant les anciens préjugés?

23. Louis XV a pacifié les troubles de l'église de France, & expulsé ceux qui y souffloient le feu. Louis XVI achevera d'écarter, s'il se peut, tous les obstacles qui s'opposent à la tranquillité intérieure de son peuple. Peuples François, priez Dieu de vous conserver ce bon roi; & ne trouvez pas mauvais que vos dissidents fassent pour lui les mêmes vœux en leur propre idiome, chacun à l'ombre de sa vigne ou de son figuier.

24. Les flatteurs des rois sont les fléaux des peuples. Louis XVI s'est déclaré l'ennemi des flatteurs; mais il ne faut pas compter que cela suffise pour les déconcerter; ils seront les premiers à lui applaudir à ce sujet même.

25. St. Louis étoit si persuadé de la vérité des miracles anciens, qu'il ne crut pas devoir faire un pas pour en voir de ses yeux un nouveau. Il semble cependant que, puisqu'il plaisoit à Dieu d'opérer ce miracle, il n'étoit donc pas sans objet; & cela posé, un témoin de plus pouvoit-il être de trop, sur-tout un témoin de cet ordre & de ce caractere?

26. Un roi de France ne peut pas être par-tout à la fois, & faire tout par lui-même ; mais il est l'ame de tout ce qui se fait dans son royaume. Tout ce qu'il protege, il le fait prospérer.

27. Né avant Louis XV, je lui ai survecu, contre mon attente. Je ne l'ai jamais loué de son vivant, & un étranger comme moi, en lui rendant après sa mort ce qui lui est dû, ne doit pas être suspect d'adulation. Louis XV a connu plus de plantes que Salomon ; mais je lui en sais peu de gré. A-t-il laissé son royaume en meilleur état en 1774, qu'il ne l'avoit trouvé en 1715 ? Voilà le point capital, & ce qu'il s'agit d'examiner.

28. Jamais la France n'avoit joui d'une aussi longue paix que sous le regne de Louis XV ; cependant ses limites sont reculées d'un côté, sans être plus resserrées d'aucun autre. Le pays est plus peuplé actuellement qu'il ne l'étoit il y a soixante ans ; on a beaucoup planté, beaucoup bâti, il y a moins de terres en friche, & plus d'argent en circulation ; le peuple est, généralement

parlant, mieux nourri, mieux vêtu, mieux logé; on a ouvert quantité de nouvelles routes au commerce; on a perfectionné les arts, étendu les ſciences, adouci les mœurs; les François ne chantent pas moins gaiement, & raiſonneront plus ſolidement qu'ils n'ont peut-être jamais fait.

29. Sous le regne de leur bien-aimé, les François ont conſtaté, par une ſuite de travaux immenſes, la véritable figure du globe terreſtre; ils ſe ſont répandus de l'une à l'autre extrémité de l'univers pour déterminer la parallaxe du ſoleil; l'un a décrit le ciel auſtral, & enrégiſtré les étoiles qui éclairent nos antipodes; l'autre a calculé, avec un ſuccès unique, la révolution d'une comete, que nos peres ne voyoient paroître qu'avec effroi; un autre nous a affranchis de la crainte trop bien fondée du venin de la vipere par un contre-poiſon non moins aſſuré; d'autres, enfin, nous ont donné, avec une préciſion ineſpérée, les longitudes en mer. Tous ces bienfaiteurs de l'humanité ont été autant de protégés & de penſionnaires de Louis XV.

30. Et tant d'autres excellents citoyens qui ont ſi bien mérité de leur patrie, en lui communiquant les plus précieux ſecrets des étrangers anciens & modernes, tels que le miroir d'Archiméde, les mamals de l'Egypte, la porcelaine des Chinois, le ciment des anciens Romains, &c Sous quels auſpices ont-ils procédé, & qui eſt-ce qui les a animés & ſoutenus par ſes bienfaits? N'eſt-ce pas ce même roi?

31. Il reſte, ſans doute, beaucoup de choſes à deſirer; oſons même le dire, beaucoup à réformer; mais ayons patience; la raiſon commence à percer de toutes parts. On peut même dire que notre ſiecle abonde en hommes éclairés & honnêtes, qui ont d'autant plus à cœur le bien commun de l'humanité, qu'ils ſont plus fortement perſuadés qu'il en reflue toujours une bonne portion ſur ceux qui le procurent.

SEPTEMBRE.

1. Dieu nous a donné ce que nous n'avons point mérité ; si nous usons bien de ses dons, il nous récompensera au-delà de nos mérites.

2. Pourrions-nous douter qu'un Dieu juste, puissant & bon, ne nous tienne un compte exact de tout ce que nous avons fait, & de ce que nous aurons souffert, pour nous conformer à son ordre divin ? Toute l'harmonie de l'univers conspire à nous prouver que la justice est un attribut de Dieu, ni plus ni moins que la puissance, la sagesse & la bonté.

3. La rétribution divine n'est pas toujours prompte ni visible ; mais elle n'est ni moins certaine, ni moins complette. L'homme pervers se flatteroit vainement d'être quitte de tout en mourant ; le tissu de notre corps sera détruit par la mort ; mais la substance spirituelle qui l'anime restera éternellement sous la main de Dieu.

4. Sir Thomas, que cette attente d'une vie future eſt conſolante pour l'homme juſte & vertueux ! Miſtris Rachel, quand l'immortalité de nos ames ne ſeroit qu'une opinion probable, elle n'en devroit pas être moins chere à tout cœur pur & droit.

5. Faiſons le bien ſans appréhender de faire des ingrats. Dieu nous rendra au double le bien que nous aurons fait à nos freres ; il nous rendra au centuple celui que nous aurons fait à nos ennemis.

6. La conſidération publique, la reconnoiſſance & les ſervices réciproques des autres hommes ſont le premier prix des ſervices qu'on leur a rendus. Mais quand vous n'éprouveriez que de l'ingratitude de leur part, le ſeul ſuffrage d'une bonne conſcience vous fera jouir intérieurement d'une ſatisfaction délicieuſe, que nulle puiſſance humaine ne ſauroit vous ravir.

7. Oubliez les injures, & n'oubliez jamais les bienfaits. Il eſt un tribunal inſtitué par les loix immuables de la nature, tribunal révéré des grands & des petits, des rois &

des peuples ; c'eſt celui des gens de bien, de tous les lieux & de tous les temps, qui vengent le foible opprimé par le tendre intérêt qu'ils prennent à ſon ſort, & puniſſent l'injuſte oppreſſeur par l'opprobre ineffaçable qu'ils attachent à ſon triomphe.

8. Songez à quoi vous vous expoſez quand vous maltraitez votre frere. S'il vous rend le mal au quadruple, à qui en porterez-vous plaintes? S'il ne ſe venge pas, craignez que Dieu ne le venge. Enfin, ſi votre frere vous rend le bien pour le mal, vous ſerez couvert d'opprobre, ou conſumé de regrets.

9. La conſcience eſt un flambeau inextinguible, qui échauffe les bons, & brûle les méchants, en éclairant également les uns & les autres. L'athée s'efforce vainement d'étouffer ce flambeau divin, qu'il ne ſauroit méconnoître ſans impudence, ni reconnoître ſans confuſion.

10. Miſtris Rachel dit que la conſcience eſt à l'animal réfléchiſſant ce que le ſecond eſtomac eſt à l'animal ruminant. Il faut abſolument que tout ſoit ramené là.

11. Si un précepte de la religion révélée vous paroît manifestement opposé à un précepte de la religion naturelle, soyez sûr que l'un a été falsifié, ou que l'autre n'a pas été bien compris ; car il n'y a ni confusion, ni contradiction en Dieu, de qui émane l'un & l'autre.

12. Le sens du mot CHARITÉ ayant été altéré peu-à-peu, on y a substitué de nos jours le terme *bienfaisance*. C'est l'abbé de Saint-Pierre qui l'a proféré le premier de l'abondance du cœur ; *& l'univers entier doit en chérir l'idée.*

13. On distingue trois sortes de délits ; les péchés, les crimes & les vices ; toute infraction de l'ordre divin est un péché : lorsque cette infraction de l'ordre est au détriment de notre prochain, on l'appelle crime ; lorsque ce désordre n'est relatif qu'à nous-mêmes, on l'appelle vice.

14. La peine doit dériver de la nature même du délit. Le vice est puni par la honte ; le crime par les supplices ; la punition du péché est réservée à Dieu.

15 (*St. Jean le nain*). *Un moine eſt un homme de travail, ou plutôt c'eſt le travail même*, diſoit St. Jean le nain. Mais ce qui pouvoit être vrai de ſon temps, ſemble ne l'être plus aujourd'hui.

16. La piété ſans lumieres eſt ſujette à dégénérer en ſuperſtition. Miſtris Rachel dit que la ſuperſtition eſt à la religion ce que la lie eſt au vin, ou les ſcories aux métaux.

17. Le progrès des ſciences a toujours fait ombrage à ceux dont la cuiſine eſt fondée ſur des opinions qui craignent l'examen. Les ſciences avancent à grands pas dans notre Amérique, où elles ſont affranchies de ce *remora*.

18. Eſt-il concevable qu'un homme s'arroge la puiſſance de diſpenſer des loix de Dieu? Alexandre VI, en donnant ſa bulle de démarcation pour autoriſer des uſurpations, ſe jouoit tout à la fois de l'équité & de la religion.

19. Quoi qu'en diſent quelques moraliſtes atrabilaires, l'amour-propre eſt dans l'ordre de Dieu avant l'amour du prochain. S'il en étoit au-

H 3

trement ; si dans un naufrage Titius étoit obligé de s'occuper de la conservation de Valere avant la sienne propre, & réciproquement, ils périroient vraisemblablement l'un & l'autre ; au lieu qu'ils peuvent se sauver tous les deux, en songeant chacun à soi premiérement.

20. La Rochefoucault dit que *l'amour propre est le plus grand des flatteurs* ; & Mistris Rachel dit que c'est le plus fidelle des courtisans.

21. Il n'est pas sage d'attendre l'équinoxe pour quitter les habits d'été, sur-tout quand on est déjà dans l'automne de son âge. Entendez-vous, Sir Thomas ?

22. La fameuse légion Thébaine souffrit le martyre plutôt que de faire la guerre à des chrétiens. Nous avons ici des milliers de Quakers qui souffriroient le martyre plutôt que de porter les armes ; fût-ce même contre des payens.

23. Sir Thomas, tachez de faire entendre à nos freres les Quakers que la profession des armes est juste & honnête pour un particulier, lors-

qu'il y eſt appellé par ſa patrie, & qu'il en écarte, autant qu'il eſt en lui, toute atrocité.

24. Pour une nation, la guerre n'eſt juſte qu'autant qu'elle eſt néceſſaire. Tous les rois s'appellent freres : toutes les nations ſont ſœurs, dit Miſtris Rachel.

25. La victoire n'eſt glorieuſe qu'autant que la guerre a été entrepriſe avec juſtice, ſoutenue avec courage, & terminée avec ſageſſe.

26. La victoire met l'injuſte aggreſſeur ſous la main du vengeur du droit des gens ; mais la victoire ne fonde aucun droit nouveau.

27. Les juriſconſultes & les financiers ont ſouvent abuſé du mot *droit*. Il ſemble, à les entendre, que des droits peuvent être créés d'un trait de plume. Les politiques & les guerriers n'ont pas moins abuſé du même terme. Il ſemble, à les entendre, que des droits peuvent être fondés ſur des coups de canon.

28. Dans le doute, ſi une action eſt juſte, il faut vous en abſtenir. Miſ-

tris Rachel dit que si vous semez des ronces, vous recueillerez des épines.

29. *St. Michel.* Les anges furent créés tous libres; mais ceux d'entre eux qui n'ont point abusé de leur liberté en ont été privés ensuite, & réduits à l'heureuse impuissance de pêcher. On nous en promet autant, aux mêmes conditions.

30. Le malheur est bon à deux choses : à éprouver les amis, & à épurer la vertu. Mistris Rachel dit qu'il en est de l'homme de bien comme des plantes aromatiques, qui plus elles sont broyées, plus elles exhalent leur parfum.

OCTOBRE.

1\. *St. Remi.* Grande fête aujourd'hui à Reims, en mémoire du bon évêque, à qui un ange apporta, dit-on, la ſainte ampoulle, que l'on conſerve depuis près de douze cent ans en cette ville. Sir Thomas dit que les vignes de Reims ſont encore plus anciennes ; mais ſes vins inſpirent plus de gaieté que de reſpect.

2\. Quand le peuple eſt fortement imbu d'une opinion, les philoſophes ne feroient pas bien reçus à la diſcuter. Il eſt plus ſage à eux de ſe taire. Eh ! que gagneroient-ils à murmurer dans un coin ; tandis que le corps, toujours ſubſiſtant, toujours ombrageux, qui a ſemé cette opinion, reſte ſeul en poſſeſſion de parler à ce peuple aſſemblé ?

3\. *Heureux*, ſuivant St. Gerard, *ceux qui n'ont d'autre occupation que de louer le Seigneur !* La piété, ſuivant St. Colomban, ne doit point ſervir de prétexte à l'oiſiveté. Il eſt très-rare de faire le bien, & plus rare encore de le bien faire, dit Miſtris Rachel.

4. (St. François d'Assise). Comment un mendiant valide peut-il trouver grace devant Dieu, ou devant les hommes? Demandez-le aux cordeliers, aux récollets, aux capucins, ou aux picpus.

5. Il feroit plus important qu'on ne peut le dire, d'avoir de très-vastes salles pour les séances publiques des académies dans une ville telle que Paris. Piron disoit, un jour qu'il vouloit percer la foule pour y assister, qu'il étoit plus difficile d'y entrer que d'y être reçu.

6. Il en coûte beaucoup pour se faire apporter dans tous les temps du poisson de fort loin; de sorte que l'abstinence des viandes observée pendant toute l'année dans certaines communautés religieuses, est souvent en contraste avec la frugalité, qui ne feroit, peut-être, pas moins agréable a Dieu, & qui feroit certainement moins onéreuse au prochain. Ceux qui ont renoncé au monde, les chartreux, par exemple, n'auroient pas besoin de tant de monde pour les servir dans leurs paisibles asyles.

7. Un grand naturaliste ayant obser-

vé qu'une cage perfide avoit induit des tourterelles à un affreux libertinage, en conclut que *la contrainte & la privation sont plus propres à troubler la nature & la mettre en désordre, qu'à l'étouffer & l'éteindre.*

8. La regle de divers couvents prescrivoit de se flageller à certains jours en esprit de pénitence. Le motif étoit, sans doute, plausible; mais il paroît qu'on a eu de bonnes raisons pour supprimer cette discipline.

9. (*St. Denis*). Pourquoi les cloches sont-elles faites, si ce n'est pour appeller les fideles à l'église? Je n'oublierai jamais, qu'en passant à St. Denis en France, il me fut impossible de dormir de la nuit, quelque besoin que j'en eusse, les moines n'ayant presque pas cessé de sonner toutes les cloches de leur abbaye; & que m'étant levé d'impatience, je trouvai les portes de leur église fermées.

10. Faut-il respecter un abus, parce qu'il est invétéré? La raison n'est-elle pas de plus ancienne date encore? La raison est la fille ainée de la divinité, dit Mistris Rachel.

11. Les papes lancent plus rarement les foudres du Vatican, depuis qu'elles ſont moins redoutées des peuples. C'étoit un feu dévorant qui s'eſt éteint peu-à-peu, à meſure qu'il a rencontré moins de matieres conbuſtibles.

12. Miſtris Raçhel dit que la curioſité eſt le germe de la ſcience, & que la crédulité en eſt le poiſon.

13. Lorſqu'il arrive à un écrivain reſpectable de ſe contredire, il faut tacher de démêler ce que les préjugés lui ont ſuggéré, & ce qui eſt un retour de ſa part à la vérité; car en dépit de tous les préjugés, la vérité conſerve toujours ſes droits ſur le cœur d'un honnête homme.

14. Sir Thomas dit que ſi un ange, envoyé du ciel tout exprès, lui avoit révélé que dans la cauſe préſente de l'Amérique, il dût périr 999 hommes par millier, il s'y engageroit avec la même ardeur; parce qu'il eſt perſuadé qu'un homme libre, concentre en lui ſeul, non-ſeulement plus de bonheur, mais encore plus de vertu qu'il ne peut s'en trouver de réparti entre mille eſclaves.

L'amour

15. (*Ste. Théreſe*). *L'amour de Dieu rend tout poſſible*, diſoit la célebre Ste. Théreſe de Jeſus. L'amour du prochain fait paroître tout facile, dit Miſtris Rachel.

16. Pourquoi la plupart des religieuſes ſont-elles rongées de vapeurs ? Parce que les préceptes de leur benigne inſtitutrice contraſtent avec ceux de leur divin créateur. La femme forte de Salomon n'étoit pas ſujette à ce mal.

17. *Les parents peuvent fonder une bonne maiſon ; mais une bonne femme eſt un don de Dieu*, dit Salomon. *La femme de mérite fait la richeſſe & la gloire de la maiſon. La méchante femme eſt comme le toit dégarni de tuilles.*

18. Toutes les fois que les hommes & les femmes ſeront employés enſemble à des ouvrages publics, le travail en ſera plus animé & moins dur. La ſociété des femmes épure le goût, & adoucit les mœurs.

19. L'art de l'éducation des enfants eſt encore, pour ainſi dire, dans ſon enfance en Europe : tant de l'é-

ducation corporelle, que de l'éducation spirituelle.

20. N'est-ce pas vouloir forcer nature que de tenir des enfants collés sur des livres, du matin au soir ? Les hommes ne sont pas des végétaux ; & le mouvement est plus naturel, & plus nécessaire encore, aux enfants qu'aux adultes.

21. Au lieu d'instruire les enfants à discerner la vérité de l'erreur, on leur suggere des préventions dont on leur interdit à jamais l'examen. Que ne leur taille-t-on aussi un habit pour toute leur vie ? dit Mistris Rachel.

22. Tous les esprits s'ouvrent naturellement à la vérité, comme tous les yeux à la lumiere ; mais il semble qu'on la leur cache exprès pour les faire broncher.

23. On défend le mensonge aux enfants, & on ne cesse de leur mentir. On prétend que des opinions spéculatives reçues sur parole, soient la regle de leurs mœurs. Dieu avoit donné à la morale une base si solide, pourquoi veut-on ne la faire porter que sur des sables mouvants ?

24. L'ame du sage est une source de bons conseils ; & sa vie est un modele de bonne conduite. Ses paroles préviennent en sa faveur, ses actions le font honorer de son siecle, & feront benir sa mémoire d'âge en âge.

25. L'expérience est une bonne école ; mais elle est bien chere ; c'est pourtant la seule où les fous s'instruisent ; encore s'y instruisent-ils peu, & presque toujours trop tard.

26. La perfectibilité des esprits est, en quelque sorte, illimitée. Il en est de la raison comme de la lumiere matérielle, qui se répand & se communique sans s'affoiblir.

27. Le sage se sert d'autant mieux de ses sens, qu'il y est moins assujetti : ses plaisirs, pour être plus purs, n'en sont pas moins variés.

28. Le sage goûte mieux que tout autre les plaisirs purs de la nature, les plaisirs doux de la société, les plaisirs ravissants des beaux-arts, les plaisirs sublimes de la philosophie, les plaisirs célestes de la vertu.

29. Sir Thomas, voulez-vous que je vous apprenne le ſecret de prolonger votre vie ? C'eſt d'abréger votre ſommeil. Nous dormirons aſſez dans le tombeau.

30. Il eſt deux choſes dont la perte ne peut jamais ſe réparer, le temps & l'honneur : l'un eſt trop volatil, & l'autre trop fragile.

31. Sir Thomas, eſt-il quelque remede aux vapeurs ? Il en eſt deux vraiment ſpécifiques ; l'un, eſt beaucoup d'amuſement ; & l'autre, beaucoup d'occupation. L'un ne répugne point ; l'autre ne coûte rien ; le premier opére plus promptement ; le ſecond guérit plus radicalement.

NOVEMBRE.

1. (*La Toussaint*) Les Launoy & les Baillet élaguerent un peu la légende dans le siecle dernier; mais ils en userent avec beaucoup trop de modération. A peine ces MM. ont-ils supprimé quelques milliers de miracles de *la fleur des saints*, du révérend pere Ribadeneïra, général de la société de Jesus. Il semble, dit Mistris Rachel, que Dieu ait deux langages. Il parle au sage par les merveilles de l'ordre naturel. Les prêtres le font connoître au vulgaire par des miracles qui intervertissent cet ordre immuable.

2. (*Les Morts*). Les Romains croient que les prieres des vivants peuvent être utiles aux morts; les Américains comptent que Dieu traitera chaque homme suivant ses mérites, ou ses démérites.

3. Il est peu de testateurs qui ne défendent une pompe superflue à leurs obséques; mais il est en Europe des especes de corbeaux funebres, dont la cupidité élude aisément ces dis-

positions, en stimulant la vanité des familles en cette occasion.

4. Les inquisiteurs Italiens déclarerent le système de Copernic adopté par Galilée, *non-seulement hérétique dans la foi, mais absurde dans la philosophie* : & ils tinrent longtemps Galilée dans leurs prisons. Les inquisiteurs Portugais, encore plus ignorants, & conséquemment plus cruels, l'auroient fait brûler.

5. Un juif auroit été lapidé anciennement à Jérusalem, s'il avoit mangé un lardon ; il seroit brûlé aujourd'hui à Lisbonne, s'il refusoit de le manger. Ni le fourbe, ni le concussionnaire n'ont jamais eu rien à craindre de semblable en aucun pays de superstition.

6. Il est de principe qu'il ne faut jamais contredire les fous ; mais celui de tous qu'il est le plus dangereux de contrarier, c'est le fanatique. Mistris Rachel dit que les passions entées sur la religion mettent les hommes en fureur à l'aspect de la raison, de même que l'hydrophobie les met en fureur à l'aspect d'un miroir.

7. En Europe, le moindre moine peut réconcilier avec le ciel un parjure ou un adultere ; mais absoudre un pénitent qui auroit croqué une alouette en carême, c'est un cas réservé à l'évêque. J'en devine bien la raison, dit Mistris Rachel ; c'est que celui qui se parjure ne viole qu'un commandement de Dieu, & que celui qui fait gras en carême, enfreint un précepte de l'église Romaine.

8. Il vaut mieux se coucher sans souper, que de souper à crédit. Un débiteur promet légérement & ment indignement ; il néglige son honheur & expose sa liberté. Le docteur Franklin dit qu'*il n'est pas aisé à un sac vuide de se tenir debout.*

9. *Les créanciers sont des gens superstitieux ; grands observateurs des temps & des échéances.*

10. Dans un corps politique bien constitué, le souverain en représente la tête, les principaux proprietaires du territoite en forment le tronc, & les hommes laborieux en sont les membres. Mistris Rachel dit que les fainéants sont les excréments de la société.

11. Vous n'avez point trouvé de trésor, & vous n'en trouverez jamais, tant que vous vous tiendrez assis, les bras croisés. Le bon laboureur aura du grain à vendre ; mais le fainéant le trouvera toujours cher : *Qui a un talent peut s'en faire un trésor*, dit le docteur Franklin.

12. Comme le bon laboureur confie à la terre une portion de son grain, le sage citoyen dépose une partie de ses biens dans le sein de sa patrie, & en est récompensé par la protection efficace de son corps, de sa liberté, & de ses propriétés. D'autre part, le sage prince veille constamment au bien de ses sujets, & y trouve le sien propre, comme l'intérêt d'un pere est celui de ses enfants. Ainsi, tout prospere dans l'état, le peuple & le souverain se rendant heureux l'un par l'autre.

13. Songez sérieusement à vous faire des amis ; il n'est point de trésor plus précieux. Mais ne vous y trompez pas ; les complices d'un bandit, les compagnons d'un débauché, les associés d'un joueur, les parasites d'un millionnaire, les courtisans d'un despote ne sont pas des amis :

la véritable amitié ne peut avoir lieu qu'entre les gens de bien.

14. L'amitié est plus vive entre deux malheureux. Ce sont, dit Mistris Rachel deux foibles roseaux qui se panchent l'un sur l'autre.

15. Si vous voulez éprouver une homme qui se dit votre ami, confiez-lui votre secret & votre bourse. Mais si vous tentiez cette double épreuve sur tous ceux qui s'offriroient à la subir, Mistris Rachel vous tiendroit pour un pauvre homme, dans toute la force du terme.

16. *Rien ne pese tant qu'un secret*, dit La Fontaine. Il en est pourtant un qu'il semble qu'on ait moins de peine à porter, dit Mistris Rachel. C'est celui dont on rougit intérieurement.

17. Je crois bien que mon ami me garderoit le secret que je lui confierois; je crois que ma femme le garderoit très-bien; mais ne le garderai-je pas aussi bien seul? Qu'ai-je besoin d'aide pour cela? Un secret entre deux n'est déjà plus qu'à demi-secret.

18. C'est une sottise de découvrir

son propre secret, c'est une perfidie de révéler celui d'autrui. Vous m'avez confié votre secret, parce qu'il vous pesoit ; je tacherai de le garder mieux que vous-même ; mais je tremble que vous n'ayiez encore un ou plusieurs autres confidents; parce que si tous ne vous sont pas également fidelles, s'il leur échappe quelque indiscrétion, vos soupçons pourront flotter long-temps entre eux & moi.

19. Sir Thomas, j'ai recueilli un héritage : me conseillez-vous d'y bâtir ou d'y planter ? Bâtir est quelquefois nécessaire. Planter est toujours utile. Celui qui plante aura, tôt ou tard à recueillir ; celui qui bâtit n'aura jamais qu'à réparer.

20. Si vous cautionnez un inconnu, vous méritez qu'on vous ôte votre manteau. Le docteur Franklin dit que *dans ce monde ci, ce n'est pas la foi qui nous sauve, c'est la défiance. La piété a souvent les yeux offusqués par les larmes.* C'est toujours bienfait de donner du pain aux indigents ; mais il est beaucoup mieux de le leur faire gagner. Assister des mendiants valides qui sont la peste

des états, c'eſt le moyen d'en répandre l'épidémie, dit Miſtris Rachel.

22. *Si vous voulez avoir un ſerviteur fidelle & à votre gré, ſervez-vous vous-même*, dit le docteur Franklin.

23. Mes deux fils ſe diſoient hier : notre carriere eſt bornée, & mille accidents peuvent l'abréger ; il s'agit de la bien remplir. Si jeune qu'un homme meure en défendant la liberté de ſa patrie, il a plus vécu qu'un lâche vieillard toujours à charge à ſa patrie & à lui-même. Leur mere les entendit, leur donna ſa bénédiction, & fondit en larmes.

24. Chaque citoyen a ſa maiſon pour aſyle. Ce principe eſt antérieur à toutes les loix civiles, ſoit des républiques, ſoit des monarchies. On peut même dire que les ſociétés politiques n'ont été formées que pour garantir à chacun ce droit inamovible & impreſcriptible.

25. *Si je démontre*, dit l'impératrice de Ruſſie, *que dans l'état ordinaire de la ſociété, le ſupplice capital d'un criminel n'eſt ni néceſſaire, ni utile, j'aurai gagné la cauſe de l'humanité.*

Oh, la belle cauſe ! & qu'elle paroît en bonne main !

26. Les méchants ſont moins retenus par la violence phyſique du ſupplice dont on les menace, que par l'impoſſibilité morale d'éviter la punition qui les attend.

27. Pourquoi ce profond ſecret de l'inſtruction des procès criminels en France ? Perſonne n'a-t-il donc réfléchi ſur cet objet ?

28. Pourquoi appliquer à la torture un accuſé qui eſt, peut-être, innocent ? L'Europe ſera-t-elle donc toujours barbare ?

29. On a beaucoup ri d'un juge qui décidoit les procès au ſort des dez. Mais on a bien à gemir quand un juge fait long-temps attendre ſes déciſions bonnes ou mauvaiſes.

30. Les requêtes que l'on adreſſe à un ſouverain, pour réclamer ſa juſtice, ne devroient pas être confondues avec les mémoires qu'on lui adreſſe pour exciter ſa vigilance, & encore moins avec les placets qu'on lui pré-

ſente

ſente pour implorer ſes graces. Des impudents écartent les malheureux, & on excéde le prince à force d'abuſer de la bonté de ſon cœur.

DÉCEMBRE.

1. La communauté des biens, entre tout un peuple, est une belle idée, renouvellée des Grecs ; mais plus spécieuse que solide. Une telle communauté étoufferoit toute émulation, ou seroit bientôt éludée.

2. Les fortunes sont inégales, parce que les hommes ont reçu de la nature des talents différents, & les ont fait valoir plus différemment encore. De cette inégalité de fortunes résulte des intérêts distincts, & des fonctions diverses ; les avantages de la richesse, l'aiguillon de la pauvreté, l'émulation réciproque, & l'harmonie du tout. Qui ne préféreroit un concert mélodieux à une ennuieuse monotonie ?

3. Tel qui se plaint de la fortune, n'a véritablement à se plaindre que de lui-même. Si vous ne sarclez votre jardin, dit le docteur Fracklin, les mauvaises herbes étoufferont les bonnes, & vous manquerez de légumes pour mettre dans votre pot.

4. Deux de mes voisins, Richard &

Simon, ont chacun quatre fils. Richard eſt un bon bourgeois, qui jouit tranquillement d'un héritage dont le fermier lui rend, quitte & net, cent meſures de bled par an; Simon eſt un bon artiſan, qui gagne honnêtement la valeur de cent meſures de bled chaque année; les fils de Richard hériteront à la mort de leur pere chacun du quart de ſon patrimoine; les fils de Simon recueilleront, ſans partage, du vivant même de leur pere, la totalité de ſon talent. Peſez bien cette différence.

5. Miſtris Rachel compare l'eſpérance au papier-monnoie, qui fait vivre les hommes ſur leur crédit, ayant on ne peut pas moins de valeur réelle, & on ne peut pas plus de valeur repréſentative.

6. Heureuſes filles de Salency, charmantes Roſieres, vous ne connoiſſez d'autres honneurs que vos vertus, d'autres parures que vos fleurs!

7. (*St. Ambroiſe.*) Au quatrieme ſiecle de l'égliſe, un célebre empereur fut excommunié par St. Ambroiſe. A la fin du onzieme ſiecle, le pape ouvrit tous

les trésors de ses indulgences à un célebre aventurier.

8. (*Conception de la Ste. Vierge*). Pierre d'Alva fit imprimer, en 1648, à Madrid, vingt-un gros volumes *in-folio*, sur l'immaculée conception de la sainte Vierge : jusqu'à ce que Sir Thomas les ait lus, il n'en dira ni bien ni mal.

9. Mistris Rachel compare les disputes théologiques aux combats des gladiateurs andabates, qui descendoient dans l'arène avec un bandeau sur les yeux. On pourroit passer à Bossuet d'avoir fait un commentaire sur l'Apocalypse ; mais on ne sauroit passer cela à Newton.

10. On raconte qu'un faiseur d'Almanachs, écoutant les représentations de sa femme sur la répartition qu'il avoit faite de la pluie & du beau temps entre tous les jours de l'année suivante, y fit divers changements de laid en beau, pour certaines fêtes sur lesquelles la bonne dame avoit des vues, & en reversa la pluie sur d'autres jours qui lui étoient plus indifférents. Voilà, à-peu-près, comment plus de huit cent auteurs ont commenté l'Apocalypse.

11. La Rochefoucault dit que *l'esprit est toujours la dupe du cœur.* Méditez bien cette maxime, Sir Thomas, & vous comprendrez aisément pourquoi Clarke & Newton, avec tout leur esprit, n'ont pu venir à bout de renouveller une vieille héréſie.

12. Je ne conçois pas, dit Miſtris Rachel, ce qu'on peut entendre en Europe par loteries de piété; mais j'oſe aſſurer qu'il ne fut, ni ne ſera jamais de loterie de charité.

13. Quelle inconſéquence de proſcrire le pharaon, & de permettre les loteries, qui ſont de tous les jeux de haſard les plus inſidieux, & qui conduiſent le plus de dupes à l'hôpital?

14. Sir Thomas, pourquoi traite-t-on de gueux tous les frippons indiſtinctement? Et pourquoi qualifie-t-on, indiſtinctement auſſi, tous les gens riches du titre d'honnêtes gens? Parce que, d'une part, la miſere induit en tentation de mal-faire; & que, d'autre part, la richeſſe eſt cenſée le fruit d'une bonne conduite.

15. Pourquoi le moindre vol domestique est-il puni d'un supplice capital en France? L'impunité est le résultat le plus ordinaire de cette rigueur mal-entendue. Un maître humain auroit trop de reproches à se faire, s'il avoit livré son malheureux valet au glaive d'une justice inhumaine.

16. Pourquoi les prisons ne sont-elles pas des maisons de travail, aussi bien en Europe qu'en Amérique? Nos prisons convertissent les libertins; celles d'Europe achevent de les corrompre.

17. Si, comme l'on n'en peut douter, la charité est la plus grande de toutes les vertus morales, il n'est point de crime plus horrible que celui d'un administrateur d'hôpital, abusant de la confiance des personnes charitables. Piller le bien des pauvres, dont on est le dépositaire, c'est cent fois pis que de voler sur l'autel.

18. Nos Quakers ont donné un bel exemple à l'univers, en rétablissant tous leurs négres dans leur liberté naturelle; & ils ont acquis autant d'amis qu'ils avoient possédé d'esclaves.

19. Il en est du vol de la liberté des hommes, blancs ou noirs, comme de tout autre vol quelconque. Un bien volé ne prospere jamais autant qu'un bien légitimement acquis.

20. Le maître & l'esclave sont dans un état de guerre perpétuelle, guerre toujours offensive d'une part, & purement défensive de l'autre. Sir Thomas avoue, de bonne foi, qu'il ne connoît point de droit de guerre offensive. Il avoue encore que les limites du droit de la guerre défensive lui paroissent très-difficiles à déterminer.

21. L'esclave a un droit incontestable de fuir son tyran; mais qui est-ce qui décidera des moyens qu'il puisse & ne doive pas employer pour recouvrer sa liberté? Prenez-y garde, patrons inhumains.

22. Vous avez beau dire que vous avez acheté cet esclave. De qui l'avez-vous acheté? Et n'a-t-on pas toujours à vous répondre, qu'acheter d'un voleur, c'est se rendre complice du vol?

23. Les rois d'Espagne aspiroient à la

monarchie universelle, en lui tournant le dos. Ils en seroient, peut-être, moins loin aujourd'hui, s'ils avoient voulu faire deux choses fort simples : la premiere, d'accorder une juste protection à tous leurs sujets anciens & nouveaux, Castillans, Bataves, Morisques, Péruviens, &c. La seconde, d'accueillir tous les étrangers honnêtes, & de les traiter comme citoyens, dès qu'un certain temps de résidence aura pu les faire réputer tels.

24. La liberté est l'ame de tout commerce, & le commerce des pensées est le plus important de tous. Un jour viendra où ce commerce affranchi de toutes ses entraves, répandra la lumiere par-tout également ; & de fausses lueurs ne feront plus égorger les hommes.

25. *Noël.* Dieu nous tiendra plus de compte de nos vertus que de nos victimes ; puisqu'il est écrit : l'*hostie qui est le fruit du crime est abominable aux yeux du Seigneur.*

26. (*St. Etienne.* Pardonnons à nos ennemis, afin que Dieu nous pardonne. Le premier martyr nous en a donné l'exemple.

27. (*St. Jean*). *Mes chers enfants, aimez-vous les uns les autres.* Le disciple, bien-aimé de Jesus-Christ, répétoit aux siens, à tout instant, cette importante leçon.

28. Les principes de l'administration d'un royaume sont absolument les mêmes que ceux de l'administration d'une maison; mais il y a inévitablement plus de frottements dans une machine en grand, que dans son modele en petit. D'ailleurs, dit Mistris Rachel, les peres de famille marchent sur un plancher uni, & les rois sur un parquet ciré.

29. La police est instituée pour maintenir le bon ordre & la tranquillité publique, & non pour inquiéter le citoyen par des ordres arbitraires, & des prohibitions sans objet. Pourquoi, dans les principales villes de l'Europe, un citoyen n'est-il pas libre de faire mettre des hausses à ses talons par qui il lui plait ?

30. Abul-Farage dit que l'homme est un ver, & rien de plus; mais, dit Mistris Rachel, quelle différence de ver à ver? Le ver de terre ne semble qu'un être informe. De quelles facultés jouit-il? Quelles sensations

éprouve-t-il ? Quelles fonctions exerce-t-il ? Il rampe sans objet, se gorge de limon, sans le digérer, meurt; si cela se peut dire, sans avoir vécu, & ne laisse après lui aucunes traces de son existence. Le ver a soie est doué d'un appareil merveilleux d'organes, qui se développent successivement, & qui opérent, comme par prestige, chacun tour-à-tour, les fonctions les plus singulieres. Du suc verdâtre d'une simple feuille, il exprime, par une digestion exquise, une soie plus brillante que l'or, qui se dévide par une filiere, dont la finesse est à peine concevable, lui forme un précieux sépulcre; & lors même qu'il y paroît enséveli pour toujours, on l'en voit tout-à-coup ressortir, & fendre les airs sous une autre forme, pour recommencer une vie toute nouvelle.

31. Titus, si justement surnommé les délices du genre humain, se reprocha d'avoir perdu un jour. Puissions-nous, vous & moi, cher lecteur, n'avoir point de semblables reproches à nous faire à la fin de cette année.

FIN.

www.ingramcontent.com/pod-product-compliance
Ingram Content Group UK Ltd.
Pitfield, Milton Keynes, MK11 3LW, UK
UKHW020255250726
13967UKWH00004B/1696

9 782013 624657